绑架游戏

东野圭吾作品

〔日〕东野圭吾 著

陈岳夫 译

人民文学出版社
PEOPLE'S LITERATURE PUBLISHING HOUSE

著作权合同登记号　图字 01-2019-4176

图书在版编目(CIP)数据

绑架游戏 /(日)东野圭吾著;陈岳夫译.—北京:
人民文学出版社,2020(2023.1 重印)
(东野圭吾作品)
ISBN 978-7-02-015382-4

Ⅰ. ①绑…　Ⅱ. ①东…　②陈…　Ⅲ. ①长篇小说-日本
-现代　Ⅳ. ①I313.45

中国版本图书馆 CIP 数据核字(2019)第 148137 号

责任编辑　**甘　慧　王皎娇**
装帧设计　**汪佳诗**

出版发行　**人民文学出版社**
社　　址　**北京市朝内大街 166 号**
邮政编码　**100705**

印　　制　**凸版艺彩(东莞)印刷有限公司**
经　　销　**全国新华书店等**

字　　数　**162 千字**
开　　本　**890 毫米×1240 毫米　1/32**
印　　张　**8.875**
版　　次　**2020 年 1 月北京第 1 版**
印　　次　**2023 年 1 月第 6 次印刷**

书　　号　**978-7-02-015382-4**
定　　价　**79.00 元**

如有印装质量问题,请与本社图书销售中心调换。电话:010－65233595

当她说出结婚这两个字的瞬间，我同时也对她失去了兴致。不管是她丰满的胸部还是长长的美腿，还有光滑细致的皮肤，看起来都只是像展示橱窗里的模特儿的一部分。

我让她看看我一副扫兴的表情之后下了床，穿上脱下丢在一旁的内裤，看着镜子整理乱七八糟的头发。

“什么嘛，那种表情！”她坐起身来，用手撩拨长发，“不需要那么露骨地摆出讨厌的表情吧。”

我连回答的心情也没了。看看闹钟，八点差五分，时间刚刚好。我关掉五分钟后要响的闹钟开关。

“我都已经二十七岁了，”我都这样了，她还继续说，“我问问这样的话也是应该的吧！”

“我说过，我从来没有考虑过结婚这件事。”我就这样背对着她说。

“你是说你不怎么考虑，并不表示完全不考虑。”

“是这样吗？”

反正就这么一回事，要是争辩到底反倒会变成无聊的一件事。我在床边开始做我的俯卧撑。节奏是很重要的，出力时要吐气，完全依照健身房教练的指导。

“喂！你生气啦？”

我不回答，因为会算不清楚到底做了多少下俯卧撑。二十八、二十九、三十，到这里开始有点吃力了。

“那么我要问问看，你对我到底有什么打算？”

做到第四十二下时不支倒地，我顺势躺在地上，将两脚伸入床下，准备做仰卧起坐。

“并没有特别的打算。我就是喜欢你，想要好好抱抱你，所以跟你上床。就只是这样。”

“所以你并没有考虑结婚这件事。”

“一开始应该就说过了吧，我没有考虑过这件事。我和你不一样，从没考虑过，现在不会以后也不会。”

“我要是告诉你我讨厌这样呢？”

“没办法啦！那你去找想要结婚的男人吧，以你的条件很容易就可以找到的。”

“这么说你是对我厌烦啦?”

“没这回事。我们交往只不过三个月而已吧。但是既然想法不一样，只好死了这条心。”

她沉默了下来。不知道她在想什么。自命不凡的女人，应该不会说出什么不得体的话吧。在她沉思默想的时候我开始做仰卧起坐。年过三十的男人，肚子很容易长赘肉，所以这是每天早上不可欠缺的运动。

“我走了。”她说完便下床，和我预料的回答几乎一样。

就在我做仰卧起坐的时候，她开始穿上衣服。黑色洋装。也没有补妆，手里拿着包包。

“我是不会打电话来的!”她丢下这句话后离开屋子。我就这么横躺在床边，听着这声音。

虽然她是个身材很好的女人，但也只能这样了。要说是钟情于她的肉体也无可厚非，因为我实在是没那个念头要与她共度一生。当然，只要对结婚这件事敷衍一下，还是有办法继续和她交往，等哪天真厌烦的时候，再提出分手就好啦。但是这种做法跟自己的个性不符，不是怕良心的不安，而是嫌麻烦。到现在为止，谈了数不清的恋爱，其中不乏不断堆积谎言和妥协而持续交往的经验，最后倒也练就了一身不会惹上麻烦的功夫。

冲澡，面对镜子刮胡子时，刚刚出去的那个女人的事也就抛在脑后了，脑子里取而代之的是另外两个女人的名字。一个是刚入行的模特儿，另一个只是普通的上班族小姐。这两个人的电话号码我都晓得，却从来没有打过电话给她们。模特儿倒是打过几次电话来。说起来，两人中上班族这个是自己喜欢的型，但上次一起喝酒时，却也没让我有特别心动的感觉，也没那种要动用各种手段来得到她的冲动。不过，倒不是因为这个上班族女人不到那种程度，而是自己忙到没有时间。

煎个火腿蛋，烤个吐司，再温个罐头汤当早餐。最近蔬菜的摄取量有些不足，冰箱里应该还有花椰菜，我决定今天晚上放一堆花椰菜做个烤饭来吃。

我边穿西装边顺手打开电脑，检查一下电子信箱，有几封和工作相关的信件，其他都是垃圾邮件，前几天去的一家俱乐部的小姐的信也在里头，我看都不看就过了。

出门时刚过九点。从起床到出门差不多花上一个小时，看来对于时间的运用还是不太行。快步走到地铁站还要七分钟。

公司位于港区，在十五层楼的第九、十楼，是“赛博企划公司”的办公室。我在十楼走出电梯。

走到自己的座位一看，有张写着“请到我的办公室来　小冢”的纸条贴在电脑上。我放下公事包，直接往通道上走。

社长室的门是开着的。门要是关着，除非是非常紧急的事，否则是没有办法见到社长的。反过来说，门要是开着，不管什么时候都可以见他。这是小冢的作风。

小冢正与女性员工谈着什么事，但一看到我走进来，便草草地结束话题。

“之后的事就交给你啦。总之就不要再用那个设计师了。”小冢对着女性员工说。女性员工回答知道了之后走出社长室，错身时彼此轻轻点个头打招呼。

“她真的是负责开发新电玩软件的制作人啊？”

“是啊，电玩是蛮难的，”小冢合上摊了一桌的资料，“把门关上。”

是赚大钱的案子还是什么严重的事情，他好像犹豫着要不要说。我关上门，走近他的办公桌。

“日星汽车来了消息。”四十五岁的社长开口说话。

“是不是总算决定了？那么接下来就是第一次的正式会议了吧，这礼拜我随时都可以奉陪。”

但小冢只是坐着，没表情地摇摇头说：

“不是这样的。”

“不是汽车公园这件事吗？”

“是这件事。”

“那么，是还需要一些时间才能决定的意思？”

“不是，已经决定了。就在刚才通知我了。”

“所以是……”

“计划中止。”

“啊？”我不明白这是什么意思，向前跨了一步。不，我很了解这是什么意思，只是无法相信这个结果。

“对方要求中止啦。汽车公园的计划，要全部从零开始。”

“什么啊……真是的！”

我以为是小冢恶意的玩笑，但从他的表情完全看不出那种轻松的意味。我有一种血液倒流的感觉，好像全身的体温上升了两度。

“我也无法相信，”小冢摇摇头，“到这种地步才喊停。”

“到底是怎么回事，可以请你说明一下吗？”

“详细的内容我今晚会问个清楚，今晚有个会谈。不过这种会谈，就对方来说也只不过是例行提出最后通知而已。”

“是完完全全从零开始，还是只是说实现的可能性比较低而已？”

“可能性等于零。汽车公园的企划案已经是废案了。”

我握起右拳打向左掌。

“都进行到这种地步了，为什么忽然……”

“负责的人也相当困惑的样子。”

“那是一定的！为了这个企划案花了那么多时间……”

“他们提到保证会支付到目前为止所有的费用。”

“这并不是钱的问题吧？”

“嗯，是啦！说来也是。”小冢搔了搔鼻子。

我把两手插进口袋里，在办公桌前走来走去。

“日星汽车说，他们想借由久未举办的新车发布会，同时举办一个大型的活动。也想借这个机会将国产车的形象大大地提升，所以想办一个像是车展的活动，却又不想单单只是展示会，所以才要借我们的创意。他们不是这样说的吗？”

“当然是。”

“不找大公司，而是找我们这种中型公司，除了考虑预算以外，就是期待能有一些崭新的创意，话是这么说的吧。”

“是如你所说。”

“但是，现在可好啦，整个企划都做好了，只等他们下达执行的口令，他们却又退缩了，这是傲视天下的日星汽车吗？”

“好了，不用那么生气啦。这是目前为止我们接到的案子中数一数二的大案子，我知道你投入了相当多的心力。但是，是客户自己跑掉的，我们也没办法呀。这种事以后还是会有的。”

“这样的事一而再，再而三的，我可受不了！”

“最惨的是我呢。因为这件事，我还得重新盘算一下事业计划。日星说会给我们一些其他的案子，不过也不用太过于期待啦。”

“反正不过就是请我们找偶像拍一些广告之类的吧。今天晚上的会谈，我也一起去，好吗？”

“啊，这倒不用，”小冢伸出张开的右手比了个阻止的手势，“你去了只会跟他们吵架，我们就这样退下来的话，还可以做个人情。”

这很像做买卖的小冢的做法。我再次意识到，他不是个创意人而是个经营者。

我叹了口气再问他：“那么专案团队就解散了吗？”

“只好这样子了。今天晚上我问清楚来龙去脉后会给你个邮件，你再根据邮件发通知告诉其他成员吧。”

“一定会有人比我更生气的。”

“应该吧。”小冢耸耸肩说。

这一天我一直在公司待到傍晚，结果却什么事也不能做。为什么会这样？这个问题一直在胸口翻涌。我早早地离开公司，去健身房。

骑了约四十分钟的脚踏车，流了满身的汗，离爽快的感觉还有一段距离。像拼了命一样地做了一些重量训练，不过也只是徒增酸痛而已，结果只做了平常训练的七成左右就去冲澡了。

就在走出健身房时，手机响了。屏幕上显示的号码好像有印象，但一时想不出是谁的号码。

“佐久间吗？我！小冢！”

“啊，社长。跟日星谈完了吗？”

“谈完了。有些话想跟你谈一下。我现在在六本木，你过来一下好吗？”

“好啊，约在哪里？”

“‘莎比娜’，你知道的吧。”

“知道，我三十分钟后到。”

挂上电话，刚好有计程车过来，我举手招车。

“莎比娜”是某健康食品公司为了避税而经营的一家俱乐部。我和小冢一起去过两三次。这家店不过是宽敞、豪华，接待小姐也比较多而已。室内装潢像是装饰过度的蛋糕，光看就让人觉得是用钱堆出来的，令人倒尽胃口。我一直在想，要是让我来做的话，只要花一半的预算就能做出一个很高尚的俱乐部。

下了计程车，搭建筑物旁边的电梯上楼。

俱乐部门口站着一身黑衣打扮的服务生和金发女郎。穿黑衣的用着过于有礼貌的口吻致意，金发女郎则操着结结巴巴的日语打招呼。

“小冢社长应该已经到了吧。”

“是的，小冢社长已经到了。”

走进俱乐部后分左右两边，往左边是一般的餐桌座席，右边则是吧台。我被带领到右边。但是小冢不可能在吧台坐着等我。在更里面有个房间，是给特别来宾用的 VIP 房间。说来小冢也不是什么特别重要的上宾，只是因为他认识议员的关系，便多少有了些无理的特权罢了。小冢现在也在帮这位议员并当他的形象战略顾问。

在房间里，小冢和两位女郎正喝着轩尼诗。看到我的时候，他轻轻地举起手来。

“特地把你叫过来，真不好意思。”

“不会的，我自己也在意这件事。”

小冢似乎颇能理解地点点头。

接待女郎问了我要喝什么，我回答纯的。VIP 房间内也设有专用的吧台，接待女郎从吧台拿来白兰地杯子，倒进轩尼诗，我却提不起兴趣喝。

“对不起啊，我们有一些话要说。”

小冢说完，两位金发女郎应酬式地笑了笑走出房间。

“怎么样呢？”我问。

“嗯，大致上知道是怎么回事了。好像是前几天重要干部会议时决定要喊停的。”

“这个我知道，我是想知道理由。”

“理由嘛，”小冢摇晃着杯子，冰块敲着杯子发出声音，“花这么大的力气做这样的事却不一定看得到效果，简单说就是这样。”

“看不到效果？是谁的判断？就是评估有效果才说要做的啊！”

“看来婉转的说法是没办法说服你了，那我就直说了。对汽车公园提案有意见的人是新就任的副社长葛城先生。”

“葛城，会长的儿子？”

“是葛城胜俊先生。好像是他一个人说要全部重新来过的。”

“只是因为会长少爷的一时兴起，我们花了几个星期所企划的内容就这样一笔勾销了，是吗？”

“那个人可不是光说不练的少爷。他曾经在业务和销售，还有宣传等部门累积了许多务实经验，之后又被派到美国分公司着实地受过市场技术训练。虽然年纪轻轻，不到五十岁的年纪就任副社长，但除了他是会长的儿子这点之外，没有人敢批评他实力不够。”

“小冢先生，今天晚上你见到他了吗？”

“见到啦。他有一对像老鹰一样的眼睛，真是输给他了，完全不笑的一个人。”大概真的是被对方的气势压倒了吧，小冢一口气将杯子里的液体倒入体内。

“完了，独裁者上场了。”我也伸手去拿白兰地的杯子。

“葛城先生提到要再给我们一次机会。”

“哦?!”我手里拿着杯子，看着我那年轻社长的脸，“要是这样，就另当别论了。我们将企划好好地再重新修正，这一次做一个让他挑不出缺点的企划案来。”

“当然是这样打算，但是对方提出了两个条件。一个是先致力于将环保问题摆在前面思考，不只是废气排放和节省能源这两点而已，还要能呈现出日星汽车在制造过程中就已经考虑到环保的问题了。”

“听起来好像会变成一种很沉闷的东西呢。嗯，还有一个条件是什么?”

“嗯……这个嘛……”小冢在自己的杯子里倒了酒，还似乎故意不看我的眼睛。

“还有一个条件是怎么说的?”我再问了一次。

小冢叹了一口气才开口说话。

“团队组员全部换掉。特别是把组长佐久间骏介换掉，他是这样说的。”

尽管很清楚地听到了自己的名字，我却无法马上理解这话的意思。不，就是因为听到自己的名字，所以才难以接受吧!

“把我换下来?”

“葛城先生好像把你所做过的案子彻底调查了一下。他依调查的结果得出了一个结论。你好好听着哦，这可不是我说的，这是葛城副社长说的。”

“请说吧!”

“佐久间先生的做法很新奇，或许可以在短时间内为大众所瞩目，但欠缺长远的眼光。他的企划案有一种单纯易懂的特色，但无法深入掌握人心。以游乐园为基础去办一个新车活动的想法并不新颖，而且肤浅。日星希望在卖出汽车的同时也能让人买到骄傲，但是根本不会有客户为了得到骄傲而去游乐园。希望下次能交给‘能看到未来之后的未来’的人来做——以上是葛城先生所说的话。”

我手拿着杯子一动也不动，只觉得满腔的愤怒与屈辱，似乎一出声就会怒吼，身体一动一定会摔杯子。

“有听漏什么吗?”小冢问我。我摇摇头。

“意思是说，赛博企划的佐久间是无能的……”

“没那么严重，只不过是和葛城先生的方针不同罢了。”

“那不是一样嘛!葛城先生一定是想说自己是最优秀的吧。”我一口干了白兰地，辛辣的刺激一路从食道下窜到胃里。

“总之，对我们来说也只能接受这样的条件了。明天我会跟杉本说一下。”

“杉本来接我的位子吗？”

“只好这样了。”

“专办演唱会的杉本哦！”我对着他笑，皮笑肉不笑虚张声势一下。

“话就说到这里。”

“我全都明白了。”然后我站起来。

“再喝一点如何？我是专陪喝闷酒的。”

“请不要勉强。”我轻轻地举起双手。

小冢轻轻点头，小声说着“是有点勉强”，同时也喝光了杯里的酒。

走出“莎比娜”之后，我并不想马上回家，便又到另一家去过几次的酒吧。坐在吧台的一端，一口干掉一杯纯的波本威士忌，然而像吞了铅块的感觉却无法消解。无法深入掌握人心、想法肤浅、希望下次能交给能看到未来之后的未来的人来做，这些话的每一字每一句都将我内在的某些平衡瓦解了。

开什么玩笑，我这样想着。从大型广告代理商跳出来也四年了，其间我经手企划的商品没有一个失败的。我敢自负地说不管是物品或人，是宝物还是垃圾，有哪一个失败的?！一个无法深入掌握人心的人，哪有这种能耐！

我的心情没有得到救赎，可是脑袋里已经一片茫然了，我走出了这家店。一出大马路，我便拦了一辆计程车。

“请问要到哪里？”计程车司机问我。

茅场町，我应该要这样回答，因为我的公寓在那里。然而这时候我的心里却被一股突如其来的冲动给袭击了，或者应该说是我起了歹念吧。我这样回答司机：“开到田园调布去！”我加了一句：“日星汽车的葛城正太郎会长的房子在那里吧？就到那附近。”

“哦，那是栋大房子呢！”司机知道那个地方。

那是一栋大得有点离谱的西式建筑，要是没有挂着葛城宅的门牌，还以为是什么大型的机关。大到卡车都可以通过的大门有着复杂花样的门片。大门的两侧各有一座卷帘门式的大车库，想必不管是奔驰还是劳斯莱斯，都可以轻轻松松停上四辆吧。围墙的另一边则栽种着各式各样的树，看起来像是个小森林。从小路往里看主建筑物的屋顶都有点吃力了，说明到主建筑物应该还有段距离，恐怕从大门走到玄关都会走到脚软吧。

我并没有走近这幢超大的房子，因为我注意到门柱上装了监视摄影机。当然，想必其他地方也都装了。就是因为这样我才会在离房子远远的地方下车，我现在的位置离大房子有二十米远吧。刚好有辆 SUV 停在路边，我就躲在了车后面。

我心里盘算着，去见见葛城胜俊。直接见他，好好质问他一番，问他到底是不喜欢佐久间骏介哪里，到底是哪里“想法肤浅”，光小冢的说明是不够的，我完全无法接受。

但是看着这幢巨大要塞般的房子，我也只能摇头了。在这种时间来见葛城胜俊，他也未必会见，被请出门的概率可想而知。即使报上名字大概也没什么用，说不定还会被说成只不过是个过气的广告人罢了。就算见到他了，此刻的我浑身酒臭，顶多被当成是借酒壮胆，葛城大概也会立刻下逐客令吧。

本来就是借酒壮胆。跟计程车司机说出去处时，我已经气得七窍生烟了！

结果，我什么都没做。我害怕真正杀到敌人的面前，却又害怕这种什么事都没做就离开的屈辱感。不过，也只能这样吧。就算想了一堆不发动攻势的理由，终究只是一种自我辩解罢了。

紧接着屈辱感而来的是气愤，我对自己感到愤怒。这个叫做佐久间骏介的人做出这种小人行径是想怎么样？

一切重来，醉意消退之后我在心里下了决定。这不是落荒而逃，我一定会和葛城胜俊一决胜负的！而且这个对决要有我的风格，一定要有个周全的计划才行。

我伸出手指着大房子，心里说着：“你给我等着，葛城先生！我一定会让你知道我的实力！”

就在这个时候，我的眼角余光好像看到有什么东西在动。我将眼睛移向围墙的另一端。

有个人想要越过围墙，但并不是要爬进去，而是要爬出来。人影跨在围墙的铁栏杆上，稍稍犹豫了一下，才往下一跳，虽然屁股着地，但好像没有受伤。

我一开始以为是小偷，但马上打消这个想法，因为我注意到那人是个女孩。没听说过穿裙子的小偷吧。

这个女孩子应该是十八九岁吧，顶多不超过二十，长得还蛮漂亮的，身材也不错。她回头看看前后，而我则躲在车子后面。

她快步向前走，我犹豫了一下，马上尾随其后。为了不被监视摄影机拍到，在经过葛城大宅前，我低着头走在马路的另一侧。

我尾随她是出于一种直觉，我认为她并不是偷偷潜入葛城家的，比较合理的解释应该是发生了什么事情而想要逃出这个家吧。所以我在意的是，究竟发生了什么事情？

她好像并没有注意到后方的动静。或许是我跟她还隔了一段距离吧。走到大马路上的她，举起手要拦计程车。这时我才感到一些焦急，要是让她搭上车，那就没戏可唱了！

我也急忙走到大马路上。而她搭上的计程车已经要开动了。我边记下车牌号边等计程车。运气还不错，刚好有空车经过。

“先往前开，能快就快！”

虽然坐上车了，可是司机好像不太喜欢我对他的指示，一副不太爽的样子开始往前开。我拿了张一万元的钞票在他面前晃了一下。

“前面有辆黄色的计程车，我想要追上那辆车。”

“先生，这种麻烦事就对不起啦。”

“不用担心，不会给你惹麻烦的。那辆计程车上坐着一个女孩子，她的父母拜托我去追她的。”

“哦！”

这样说好像说通了，司机这才踩下油门。我将车资一万元放在司机收钱的小盘子上。

要是在上环状八号线前没追上的话就麻烦了。幸好为等红绿灯，前面的计程车也停了下来，我确认了一下车牌号码，跟司机说：“就是那辆车！”

“追上了要干什么？抓她回家吗？”计程车司机问我。

“不是，只是要知道她去哪里而已。”

“哈，然后跟她父母报告吗？”

“是啊，就是这样子。”

“原来如此。一定是宝贝女儿吧！”司机好像自有一套合理的解释。

这女孩搭的计程车往环状八号线南下方向开去，我搭的车紧追其后。所幸她搭的车没开得那么快，追起来不是那么难。

“一个年轻女孩，我猜应该会往涩谷的方向去才是，不过好像又不是这么回事。”司机这么说是因为方向刚好相反吧。

话才说完，前面的车向左转，驰入中原街道。

“直走是五反田吧？”我问司机。

“是啊，最近听说五反田有很多玩的地方呢！”

要出去玩的话，有必要爬墙吗？的确，在这种时间要出门去玩的话，父母亲是不会有好脸色的。但是从她爬过围墙时的表情来看并不像是要夜间出游，而是有更迫切的事的样子。这也是我为什么跟踪她的理由。

看到五反田车站了，但是看不出前面的计程车有要停下来的样子，过了车站之后又向右转去。

“哇，这会儿往品川方向去了。”

“好像是这样。”

女孩搭的计程车驶进第一京浜线，我还是一路尾随。不一会儿，右侧可以看到 JR 品川车站，左侧则是矗立了一整排有名的饭店。

“啊，他们要向左转了！”司机说。果然前面的车亮起了左转的方向灯。

“麻烦跟着他们！”

“可是……他们开进饭店去了呢。”

“没关系，跟着吧。”

上了平缓的坡道之后就是饭店的正门玄关，计程车就停在那里。我在坡道下面一点的地方叫司机停车。

“是不是和男孩子在这里会合呢？”司机边拿收据给我边说。

“可能是吧。”我也应付了他一下这么回答。

女孩推着旋转门走进饭店，我稍后才跟了进去。

说不定司机的猜测是对的。要偷偷摸摸地和男孩子幽会，所以才那样跑出那个大房子，这也不是不能理解。要真是这样的话，我苦苦追查到这种地方来倒像是个发神经的小丑。不！不！不管是追到哪里，只要能知道葛城家的秘密也没什么损失，我稍微修正了一下自己的想法。

进饭店的左手边是柜台。长长的柜台前，一个人也没有。女孩按了呼叫铃，不一会儿，从里面出来一个穿着制服的饭店人员。

我从皮夹里掏出一张一万元的钞票，走近女孩的背后。

“真是抱歉，今天房间全满。”饭店人员这样对女孩说。她好像急于想要一个房间。

“什么样的房间都可以。”女孩说，听起来一副疲惫的语气，她说话的音质有点想让人跟她唱 R&B。

“很抱歉，所有的房间都客满了，”中年饭店人员对这个小女生很有礼貌地鞠了个躬，然后目光移向我这里，“请问有什么事吗?”

“我想要两千元的零钞，可以跟你换吗？五张就可以了。”

饭店人员走进里面。

这女孩看都没看我一眼，一副死心的样子走向饭店门口。我可不能在这里跟丢她，连忙转身离开柜台。就在这时候，背后一个声音叫住我：“啊，先生！”

“谢谢你，不用了！”

留下满脸困惑的饭店人员，我也朝正门玄关走了出去。

女孩刚好走到饭店前庭的花园步道。我担心引人猜疑，将尾随的距离拉远，可是看不出来她注意到有人在跟踪她。

花园步道的尽头刚好是饭店的出口，隔着马路还有其他的饭店。我已经察觉到她想要干吗了。

跟我想的一样，她走进了隔壁的饭店。这里的柜台在一楼，由于商务客人经常光顾，所以到了半夜还持续不断有人进进出出。我找到一个可以看到柜台的地方，从这里观察她的行踪。

和饭店人员说了一些话之后的她，立刻转身朝另一个方向走去，从她一副怄气的表情来看，可以清楚知道刚刚交涉的结果。

她走进了公共电话的小房间。原来如此，如我所料，我也走了出来。

她在里面拼命地翻着电话簿。不用看也知道她翻的是什么分类。

“在这种时间穿成这个样子，不管你找哪里的饭店，我想都没用的啦。”

我的声音吓了她一跳，她一脸惊吓地看着我。

“既没有预订房间又是单独一个女孩子，要投宿的话，大家只会有戒心。对饭店来说，最怕赚不到客人的钱又惹事，没有一家饭店会想要卷入这样的麻烦的！”

她大概是觉得被一个不怀好意的男人看穿了心思并想要接近她，于是阖上电话簿，要走出电话间。

“你在找今晚要住的饭店，是吧？葛城小姐。”

她猛然停下脚步，像个机器人似的“刷”地慢慢回过头来看着我。

“你是谁？”

我从口袋里掏出名片。她来回地扫视着印在名片上的文字和我的脸。

“赛博企划……”

“广告、制作、中介，什么都做，换句话说就是企业的便利商店。葛城先生的公司就是我最大的客户。我的自我介绍到此为止，接下来可以知道你的芳名吗?”

“我没有这种义务吧。”说完还用手指将名片轻轻一弹，名片轻飘飘地掉落在地上。

“这么说来，我非得尽一下我的义务不可哩,”我捡起地上的名片，“我可不能让偷偷跑进我重要客户家的小偷跑掉呢!”

她瞪大她那双有点凤眼的眼睛，的确是很好胜的样子，可是这样一来看起来反而更美了。那双眼睛眨也不眨地瞪着我。

“还是说……你并不是偷偷地跑进去，而是偷跑出来的吧!不论怎样，总不能不管。我还是和葛城先生联络一下吧……”我掏出口袋里的手机。

“不要!”

“那么，你就自我介绍,”我对着她笑，“就算让我知道发生了什么事，我也不会随便说出去的。看情况喽，说不定你今晚住宿的事我还可以帮上忙。”

她脸上出现了迷惘的表情。不，应该说是算计的表情。她正依照我的性格在推测，她在想要不要相信我，还是要利用我，或许还可以得到一些好处。

她伸出右手说:“请给我刚才的名片。”

“请。”

她拿走名片后，再伸出左手说："驾驶执照。"

"驾驶执照？"

"是啊，这张名片又不见得就是你本人的。"

"噢，原来如此。"

近距离看她，比想象中更年轻。大概是高中生吧，还颇不含糊。我从皮夹里取出驾驶执照。她拿起公共电话旁的纸和笔，抄下我的住址。

"十分谨慎嘛！"我边说边接过驾驶执照收好。

"我爸爸一直叮嘱说名字要到最后关头才能说。"

"爸爸？"

"葛城胜俊。"

"啊！"我点点头，"果然没错。不过……日星汽车副社长的千金爬墙跑出来，这到底是怎么一回事？"

"这跟你没关系吧。"

"确实是和我无关。不过，我们在这种情况下见面了，却也是事实。接下来，要是你有什么闪失的话，会有责任问题，这可是关系到我们公司的死活的。"

"那关我什么事？"

她一副转身就要离开的样子，我又把手机拿了出来："我现在马上就打电话通知。"

她回头，一脸厌烦的表情。

“我说，你就不要管我了！这样可以了吧？不听副社长千金的命令吗？”

“真是可惜，对我来说，副社长可是比副社长千金来得重要多了。”我装出按下手机号码的动作。

“不要打了！”她想要抢走我的手机，我赶紧闪开。

这时候，刚好有个像是上班族的中年人经过，他用惊讶的眼神看着我们两个。

“你该不会想要在这种地方让别人看见吧？要不要找个地方坐下来慢慢谈？”

她又在考虑了，应该说又开始算计了。过了一会儿，她点了点头。

我们走进饭店旁的咖啡厅，说是咖啡厅其实是那种必须自己拿饮料到座位上的自助式店。我们并肩坐在面向马路的长条形柜台式的座位上。

要怎么利用她呢？我暂且想到两个点子。一个是今天晚上无论如何都把她带回葛城家，大占葛城胜俊一个上风。就说是保护了他这宝贝女儿，这么一来，再怎样狂妄的人也摆不出什么大架子了吧。

还有一个就是听她说话。她会那样偷跑出那个大房子，其中一定有什么秘密。她的秘密就是葛城家的秘密，而这会是日后与葛城胜俊对决时的一个重要武器。

“你是什么时候开始跟踪我的？”喝了一口咖啡后，她先开口说话。

“从你家前面，目击你爬墙时开始的。”

“为什么你会在我家前面？”

“没什么特别的理由，只是刚好因为工作的关系到那附近，顺便想看看那有名的葛城家大宅而已。”

“我原本想说巷子里不会有人的。”

“我在稍远的地方，要是一直在近处看的话，会被监视摄影机拍到。”

“嗯，之后你就跟踪我？为什么？是什么原因？”

“真像个警察在问话！”我苦笑着，喝了口咖啡，“刚才也说过啦，葛城先生对我们来说是重要的大客户。有人从他家的围墙爬出来，当然要调查一下是怎么回事。”

“那为什么没有马上跟我说话呢？”

“你希望我那样做吗？”

我这样一问她马上沉默了下来。我又喝了一口咖啡。

“因为看起来好像有什么内情的样子，心想多少观察一下再说。没想到这一追，追成这种状况。”

“好管闲事！”

“我们的工作要没这种精神的话就成不了事。对了，轮到我问问题了，首先，可以知道你的名字吗？”

“刚刚不是说过了吗？”

“只说是副社长的女儿。我希望能知道你的名字，总是有需要叫你的时候吧？”

她透过玻璃窗望着外面的道路，才总算嘟囔了一句“树理”。

“啊？”

“树理，树木的树，理化的理。”

“哦，是树理小姐。葛城树理。真是不一样，光听名字就知道不是一般家庭出身的子女。”

“你这是什么意思？”

“这可是在称赞哦……对了，有什么大事必须让葛城树理小姐那样爬过家里的围墙，到底是怎么回事呢？”

她听了我的问题之后轻叹了一口气，还轻轻地耸了耸她那美丽的肩膀。

“非说不可吗？”

“不想说不说也可以啦。”我又伸手去拿手机。

“知道啦！又想要和我父亲联络，是吧？”

“这就是所谓大人的义务啊。怎么办？”

“让我考虑一下。”树理两手托腮靠在桌子上。以现在的女孩子来说，她的皮肤还真是白。陶瓷般的皮肤，看起来没有半点的凹凸不平，这不只是因为年轻，想必也下了一番功夫保养吧。

看着她美丽的侧面，忽然间她转过脸来面向我，我吓了一跳，将身体往后退。

“再来一杯咖啡，你请客？”

“小事一桩。”

我将喝完的杯子撤掉，买了两杯咖啡，一杯给自己。回到座位上时，树理抽着卡斯特淡烟。

“年纪轻轻的就抽烟，实在无法苟同。”

“我也这么认为。只是如果年纪大一些再抽的话，你就会赞成吗？”

“我是不抽烟的。”

“为了健康？”

“不止这样，抽烟太浪费时间了。以抽一支烟花三分钟来算吧，一天抽一包的人，一天二十四小时中就有一小时花在吐烟这件事情上。虽然有人说可以边抽烟边做事，那不过都是屁话。还有一点，为了抽烟就必须牺牲掉一只手，不管做什么事，不可能一只手做会比两只手来得有效率吧。”

树理对着我的脸吐了一口烟。

"用这样的想法过活，快乐吗？"

"不是快不快乐，只是不喜欢把时间浪费在无谓的事情上而已。然后呢，你考虑好了吗？"

树理小心地把香烟在烟灰缸中熄灭，开始喝第二杯咖啡。

"简单说就是离家出走。"

"离家出走？"

"是的。因为越来越讨厌待在那个家里头，所以只能逃喽。为了不让爸妈找到，只好爬墙出来。"

"我不相信。"

"为什么？"

"你就这副样子离家出走？"她只带了一个小手提包。

"相不相信随你便，不要来烦我就好了。"她从烟盒里取出第二支香烟。

我叹了一口气，顺便看看四周，我可无法忍受被认为是在勾搭女孩子。而我想问她的事情又多得像山一样。

"好吧，我就姑且相信你是离家出走好了，但是我不能就这样放你走，你得告诉我你离家出走的理由，如果真的是情有可原的话，那今晚的事我就先当作没看到。"

树理朝我吹了一口烟。

"我离家为什么要经过你的同意？"

“因为被我撞见了呀。你就认了吧，你离家被我看到算你运气不好，我看，你就招了吧。”我招招手做出要她招供的动作。

她一只手夹着烟，嘴巴咬着另一只手的拇指指甲。她的指甲和牙齿也花了不少工夫保养，照顾得很漂亮。

她把手指抽离嘴巴，斜眼看着我。

“佐久间先生……是吧？”

“很高兴你记住我的名字。”我挖苦地说道。

“我所说的事，你保证绝对不向别人说？”

“我是想保证啦，不过也要看是什么内容。”

“哼！”她将脸转向我，仔细地端详着我，“你还挺诚实的嘛，我还以为你会直接说‘我保证’呢。”

“做这种保证没什么意义吧？”

要说保证是很简单的，但就算说了，她也不是那种会把心里话说出来的女孩。

“所以你的保证是无法信任的喽？”

“是的。但是也可以这样说，我要不要跟别人说，全看说出来对我有没有好处；要是没什么好处的话，我也不想让别人觉得我是个碎嘴的男人，特别是跟我约定的人还是我的客户的爱女呢！”

树理撇撇嘴，不知道她是不是听了觉得不爽。

她继续抽着烟，我就这么一直看着她连续不断地吐出灰色的烟圈。

“我呢……”树理开口说，“不是真的葛城家的女儿。”

“哦……”我凝视着她的侧脸。这真出乎我的意料之外。“是这样吗？”

“也不能完全说不是真的女儿，嗯……应该说是非婚生的女儿比较正确。”

“不管怎么说，这都挺让人意外的，如果是事实的话……”

“你要是不相信的话就把它忘了吧，我不会再多说什么了。”

“好吧，好吧，”我装出哄她的样子说，“你想想看，我吓一跳也不无道理啊！你话也不要只说一半，继续说给我听吧！”

树理轻轻地哼了一声，一脸轻蔑的表情，好像我只喜欢听八卦的样子。大丈夫能屈能伸，先忍下来吧。

“我爸爸是再婚，你知道吧？”

“听说过，不过那也是二十年前的事了吧。”

“刚好是二十年前。我爸和前妻是协议离婚的。他和现在的太太有一个女儿。”

“那个女儿……听起来好像不是你哦？”

如果是自己的母亲应该不会叫她是“现在的太太”。但是她也用了“前妻”的说法。换句话说，她也不是前妻的小孩。

“我呢……是之前的情妇的女儿。”

未免也说得太直接了，而我的回答也太慢了，我的嘴巴半开了一下！

“之前的情妇的说法或许不正确，是之前之前的情妇也不一定，说不定是再之前的情妇呢！反正那个人啊，情妇多得是！”她只是嘴角笑笑。那个人对她来说就是这样的一个爸爸。

“意思是说葛城先生第一次结婚时的情妇吗？”

“没错。第一次之所以离婚也是这个原因。听说前妻是个出身不错的小姐，就算夫家再怎么称霸一方，人家讨厌的事情就是讨厌的吧。”

听了树理的话，我不禁笑了出来。这个葛城胜俊的私生活居然这么失败，真是太好笑了。

“那么，你这个情妇的女儿，为什么会在葛城家？”

“说起来简单，因为我母亲死啦，好像是白血病吧。据说母亲是个美人，这就是所谓的红颜薄命吧。”树理说起来好像也没特别悲伤的样子。

“你不记得你母亲的事了吗？”

她摇了摇头说：“不太知道。或许不记得了吧，好像看过照片，不过或许和自己记忆中的不一样。”

一种冷静的分析。

“那你是什么时候被葛城家认养回来的？”

“我八岁的时候。不过母亲是在我三岁时死的，这期间我是祖母带大的。”

八岁的话，人格也成定局了。我想象了一下她是在怎样的心情下被认养回来的，倒有点同情她了。

“你八岁之前，为什么葛城家不认养你呢？”

“这个嘛……担心新太太的想法吧。婚生的女儿也出生了。”

“那反过来问，又为什么要认养你呢？”

“因为祖母病倒了，不找个人养不行吧？而爸爸也承认我，他应该是这样想的吧，与其被别人领养以后成了话题，还不如在这个时间点以亲生女儿的身份带回家比较好吧。”

树理把烟熄在烟灰缸里。

“那之后你一直都在葛城家吗？”

“形式上而已。”

“形式上？”

“想也知道吧！我都已经八岁了。何况，别人的孩子忽然进入家里，新太太和小孩的心里也不会太好过吧。这种事情爸爸也是很清楚的，所以我就被一直放在寄宿学校里，而且是在仙台的学校。”

“从小学开始？”

“从小学到高中。只有放长假时才会回家。不过我一点都不想回家，想一直待在学校宿舍里。但是学校规定除非有特殊的事情，不然一定得回家。所以我特讨厌寒暑假还有春假。要是没这些假该有多好。一般小孩越接近放假越高兴，放完假就不断地叹气，我恰恰相反。谁知道我有多期待八月份的结束。”

树理透过玻璃凝视着马路，露出一脸又寂寞又空虚的表情。或许她一直都是以这样的表情度过她的童年的。

“那你现在是……大学生？”

“嗯，大二。”

不想问她读哪所大学了。反正无关紧要，我还更想问问其他的事情呢。

“是因为念大学所以回到东京的？”

“本来想留在仙台的，就算不在仙台，进东京以外的其他学校也可以。但是硬被叫了回来，又不能不听从。没办法，谁叫我一直受人照顾呢？”

“葛城先生叫你回东京？”

“是啊，不过他在想什么我大概也知道。”

“怎么说呢？”

“也就是说他开始担心我的将来啦。想趁早看看能够把我嫁到哪个人家去吧。所以不得不把我放在他身边吧。”

“原来如此。”

这番话听起来有点奇怪，但可以理解。

“就是因为这样，你再也无法忍受目前的生活，于是终于决定翻墙逃跑啦？”

“你了解我的心情啦？”

“整个事情我大概清楚了。但是，真的让你那么讨厌吗？和家里的人处不好，是吗？”

“是不能说处得很好吧，”她好像又要拿烟，但是刚刚那支好像是最后一支了，她把空盒子捏成一团，“不至于像灰姑娘，也没有明显被嫌弃。可是暗地里却尝到了一堆恶意。说来说去我就是个外人啦，过了这么多年还是无法和谐相处，她们根本就不愿意接受我。要是我不在的话，他们就是完美的一家人；要是我在的话，我就像个家庭伦理连续剧的演员似的，无论说什么话、做什么事都像不存在一样，简直无法呼吸了。”

她看着我问道：“你听得懂吗？”

“好像听懂了，”我这样回答，“那你自己怎么看这件事呢？你对葛城家的人好像也没什么好感，譬如说对新妈妈的看法呢？”

“好恶毒的问题！”她叹了口气说，“你想我会喜欢她吗？她可是一直无视于我的存在的，而且是笑脸呢，戴着笑脸的面具！”

形容得真是好，我真的佩服。

“那她女儿怎样？嗯……应该说是你同父异母的妹妹吧。”

“她呀……”树理闭着双唇，头稍微一歪，像是在考虑该怎么说。接着就以那一张脸回答：“超讨厌的！”

我和树理住进茅场町宝拉饭店时，已经过了午夜十二点了。这是朋友到东京常住的商务饭店，我出面的话，饭店可以通融一下。今晚也是一样，我让树理在楼梯旁稍等，让我把住房手续办完。

“我并不想帮你，不过因为你相信我，跟我说了很多你的事情，所以给你一些特别服务。”

进到房间后，我把钥匙放在小桌子上。这个房间只有一张小小的单人床、电视、书桌和冰箱。

“总之先订了两晚，后天中午退房，”说完后我看了一下手表，更正说，“已经过十二点了，应该说是明天中午吧。”

“为什么是两晚？”

“反正先这样。你好好地睡一晚，要是想回家的话，随时都可以离开。只是要走的时候先打个电话跟我联络一下。”

“也就是说，要是不回家的话就好好地待在这里的意思喽？”

“现在已经很晚了，你反正先好好地睡一觉，明天再说吧，”我走向门口，停下脚步回过头来问，“还有，你身上有钱吧？”

这样一问，她的眼神闪烁，睫毛颤动了一下。

“身上没带钱还想住饭店？”

“有信用卡啊！”

“哦，是，是副卡吧，”我从皮夹里拿出两张一万元的钞票，“这些钱先放着，以防万一。”

“我才不要呢，哪需要……”

“不需要最好，你放着就好了，”我把钞票放在电视机上，拿遥控器压着，“那明天见了，我祈祷你会变得听话一点。话说在前头，所谓的副卡，只要一个通知就不能用的。身上没带钱，真不知道这之后你到底打算怎么样。”

我不等她回答，走近门旁，等我转动门把时，她在我身后说：

“早知道拿点钱出来就好了。”

我听了她说的话，再度回头：“你说什么？”

“我说钱，我想要是拿点钱出来的话就好了。就算不拿钱，拿点值钱的东西也好，钻石之类的，这样的话，至少短时间内不会有困扰。”

“这就叫冲动！到明天你就会改变主意的。反正看状况，我会和葛城先生联络的。”

“我绝对不会回去的！”

“算了，你好好考虑一下吧。”

“我有权利拿葛城家一点财产吧？”

我被这突如其来的问题吓了一跳，耸了耸肩说：

“应该有吧。但是为了这一点你得继续当这个家的女儿才行。”

“你是说离家出走的话就不行？”

“这个嘛……现在想这个没什么意义吧。继承财产也要等葛城先生死后才有可能，至少还要个几十年吧。”

“我听说过死前继承的方法。”

“你是说生前赠与吗？这并不是没有，但这是葛城先生才能决定的事情。我不知道你会怎样要求，但不论如何，你不回家的话一切都不可能。”

她在发觉到自己身无分文之后，才意识到失去的部分有多大。都出走了还想到财产的问题，说不定这也是葛城胜俊的遗传之一吧。

我打开门说：“好吧，晚安了。”

“等一下！”

我将门稍稍打开回过头来对着她：

“这一次又是什么事？”

“你可不可以听一下我的请求？”她微低着头，做出向长辈说话的样子，这是到目前为止从没出现过的表情。

“那要看是怎么样的事情。”

“不是什么难的事。你先跟我家里打个电话，就说我和你在一起就好了。”

“就只是这样就好了？”

“之后，帮我拿一些钱来。我再也不要回家了，就说是需要足够的生活费。”

我又把门关上，这种话要是被听到就麻烦了。我看着树理的脸，确认她并不是在开玩笑之后，我稍稍摊开双手问：

“你是认真的，还是在开我玩笑？”

“要是我自己打电话的话，一定会被叫回家的！”

“我打也是一样的。一定会被训一顿，有闲工夫打这种恶作剧电话的话，还不马上把我女儿给带回来！先前也说啦，葛城先生对我们来说是很重要的客户。像这样让你住进饭店就已经是一种背叛的行为啦。”

“就说是我根本就不想回家不就行了？”

“这种说法基本上不会被接受吧，搞不好还会被告说是绑架呢。”

“那就顺水推舟当作绑架呢？”

“啊？”

“打匿名电话，说是想要回女儿的话就先准备一千万。”

我稍微弯下腰来，由下往上注视她的脸说：“你……是玩真的？”

“反正我就是不要回家，也需要钱。所以总要有所觉悟地去做一些事吧？”

“好，那我知道了！”我两手轻轻上举，点了点头，然后说，“你最好去冲个冷水澡吧，好像热过头了！”

树理好像还要说些什么似的，我视若无睹地走出房间。

从饭店走到我住的公寓约十分钟。走在人行道上，我反复地想了一下和树理之间的对话。傍晚还喝了不少酒，这时却一点醉意都没有，应该是和她说的那些家务事有关吧。

真有点惊讶，葛城胜俊家里居然有这样复杂的事情，虽然还没决定要不要利用这样的内情，但是知道了也没什么损失，或许将来会有用到的时候。几个小时前整个情绪还跌到了谷底，现在可是彻底放晴了。

隔天一到办公室就被小冢叫去。进入社长室，小冢刚好在跟杉本智也说话。杉本主要负责演唱会之类与音乐相关的活动。他小我一岁，却也表现不凡。我这才想到日星汽车的工作之后是由他接手。

“正好在跟杉本谈昨天的事。”看向我这里的小冢开口说道。

杉本可能觉得和我对眼相看有些尴尬，把眼光落在社长的桌面上。

“是说接手后续工作的事吗？”

“不，那倒没有必要。反正必须从头开始，要不这样做客户是不会接受的。”

葛城胜俊到底是什么意思？

“你跟组员们说明汽车公园案遇到的挫折了吗？”

“还没，这才要说。”

“这样……”小冢显出一副在考虑什么的表情。

“有什么事吗？”

“嗯，事实上我考虑了许多状况，整个项目的组员要全部更换掉是有些困难，只换一部分的话还有可能，整个更换的话实际上是没办法的。”

我了解他想说的话。

“组员全部留下，只换掉组长。”

“就是这个意思。总之时间紧迫，日星了解也接受这一点。”

这句话说得真好，我顺势点了点头。

“今天下午要跟日星开会，我希望你可以出席。”

“我？为什么？”我强做笑脸说，“对他们来说我已经是个没有用的人了。”

“不要强词夺理了，我们也要正式向对方说明，介绍完杉本之后你可以先走。”

是新监制就任时要前监制出席的意思，我从不记得我曾受过这样的屈辱。

我忽然想起树理的脸，然后想到一些相关的事情。

“反正葛城先生也不会来吧。”

“应该会见到他的。”

“会吗?”我歪着头看着他说，“我猜他应该不会来的。”

“你为什么会这样说？刚刚才确认的，葛城副社长也会出席，对方说得很确定。”

“是刚刚吗?”

“是啊，怎么了?”

“没、没什么……”

女儿离家出走，会有时间出席这种只是露个脸的会吗？或许葛城胜俊还不知道树理不见了的事？这不可能吧。要是谁发现了，第一个一定会通知父亲的。

“知道了，我会出席的。一定要好好拜见拜见葛城先生那张脸。”

“不要给我出问题！全程你只要闭着嘴就行了。”小冢的手指在我的胸口像钉子似的戳了一下。

日星汽车东京总公司在新宿。办完一大堆复杂的手续后，我们一行人被带到会议室，对方已经在等我们了。

胖胖的广宣部经理说明了这次企划重新修正的一些重点要求。比起昨晚听小家的说明要客气了几分，但是贬低我的构想的部分却相同。

葛城胜俊不在场。说是会晚些到，应该是不会来了吧。没理由会来，说不定正报警找人呢。

广宣部经理将话题转到今后如何开展的项目上。概念、需求、IT——尽用些有点经验的广告人耻于用的话，我渐渐感到无聊。杉本也被介绍认识了，我打定主意，告一段落后马上走人。

正当我不知忍了几次呵欠后，有人门也没敲地就推开门，走进来一位穿着黑色西装、肩膀壮硕的男人，广宣部经理的话被打断了。

这男人用他那锐利的眼光扫过会议室后，往最上位方向走去。

是葛城胜俊没错。

“怎么啦？为什么不继续说？”男人以一副不屑的表情看着广宣部经理。

经理急急忙忙想要继续刚刚的话题，但好像忘了自己刚才讲到哪里了，显出一副狼狈的模样。看起来，他感受到的那股威吓力还不小。

“他就是葛城胜俊吗？”我向邻座的小家问道，小家只是微微地点了一下头。

广宣部经理总算回到原来的步调，继续他那无聊的说明，而我也没在听，一直在捕捉那无视于我实力的副社长的眼神。葛城胜俊好像也不太关心广宣部经理的发言，不知道是因为讲的话没内容呢，还是有其他的理由——也就是说，不知道是不是因为女儿不见了的关系，这一点我还没有办法判断。

广宣部经理的话说完了，另一个日星汽车的人站起来时，葛城胜俊举起手来，在大家目光的焦点下，他就那么坐着开口说话：

“我了解这次企划案的变更给大家带来了许多麻烦，但是我希望大家能够了解，我们不是要办一场热闹的庙会，而是一场革新的活动，不是像赌博一样靠运气。我们所要做的是一场名为商业行为的游戏，在这点上我们要求的是缜密的计划及大胆的执行力。既然是游戏，我们就一定要赢。假如只是看成游戏而随便做做就算了的话，那就对不起了。在世上以命相搏的游戏多到数不清，所以请大家也和我一样把这个案子看成是其中的一个。只是我对商场游戏还有些自信，所以我才判断必须将这个企划再重新计划一次——这就是我要说的话。”

这根本就是把大家看成是他游戏中的棋子一样，只要照着他的指示就好了！不，他真正要说的只有这些吗？轻柔安稳的语调中，那魄力却充满了整个会议室，让人觉得所有在场的人的姿势比起数分钟前更僵硬了几分。

结果我一直待到了会议结束。这段时间我一直密切地观察葛城胜俊，却完全感觉不到他有一点点心不在焉的样子。不论是部下或是小冢说话时，他看起来都是一副漠不关心的样子，但始终保持着他那锐利炯炯的眼神。我心想，他真的不是个泛泛之辈。

我心中的屈辱感和斗志就像被搅拌机搅拌过后一样五味杂陈。是一场游戏？原来如此，如果是这样也无妨。但他只是一味把自己放在高手的位置，如果要说成是游戏的话，我也是有自信的，那我们就来分个高下吧。怎么可以还没分胜负，就硬把别人赶下场呢？葛城胜俊啊，跟我决个胜负吧——我心中一直默默地这样祈念。只是他看起来完全不动声色。

会议结束后，小冢跑到他身边打招呼，顺便想向他介绍我，但是葛城胜俊看都不看我一眼，他用有些疲惫的手势挥了挥之后，转过身背对我们说："其他多余的事就免了吧，介绍跟工作没关系的人，没什么用处吧。"边说边迈步离去。

我和小冢无言以对，只能目送大企业的副社长离去。我也知道周围的人都以怜悯的眼光投向我。

小冢两次拍拍我那咬紧牙根才强忍下屈辱的肩膀。

当天晚上，我和一个叫真木的女孩在意大利餐厅吃饭。真木是个刚入行的模特儿，我猜没多少工作落在她身上。她接到的工作，大多是展示小姐或接待小姐之类的吧。我知道她为了生活，一星期有几天在俱乐部上班。到目前为止，我从未主动跟她联络过，一直都是她打电话给我，所以说她喜欢我也不足为奇，对她来说我可能是她重要的门路之一吧。

但是今天是我打电话给她的。要不让自己心情好些的话，我实在不想回家。我打算吃完饭后看到哪里小酌一下，聊天中再看要如何发展。虽然发生肉体关系之后可能多少会有些麻烦，不过今晚抱着她过夜的想法还是比较实际的吧。

鱼端上来时，第一瓶白葡萄酒已经喝完了，我又叫了一瓶相同的酒，等上肉的时候再叫红酒就可以了。

“喝得很快哦。”真木笨拙地用叉子把菜放入口中时说。减肥中的她刻意增加了咀嚼的次数。那个样子让人看了很不能忍受，但还不至于到破坏气氛的地步。

“大概是有些兴奋吧，而且我一紧张就会口渴呢。”我将酒一口喝光。

“为什么会兴奋啊？”

“因为你愿意和我见面啊。突然约你，我以为一定会被拒绝的。”

“你可真会说话。”她一副笑翻天的样子，但眼神里并没有不愉快的意思。

“像这样直接说开了，一定不会被当成是认真的。要取悦日本女性可真是难哦。但事实上真的是有些紧张，也不知道自己为什么会这样。”

哦？她歪着头看着我。

“其一是，好久没有像这样与女性面对面吃饭了。还有一点，是到目前为止都没有主动和你联络，怕会后悔打破了这个惯例。”

“这样说来也是的。那今天是什么原因？只是心情不好？”

“这样说也是个下下策的约会方法啦。其实到目前为止，也有过几次想约你出来，一直不敢打电话给你。只是今天晚上忽然有了勇气而已。”

说谎也是个方便的途径。

“工作上遇到什么事了吗？”真木看着我说。

“没什么。”我举起杯子。我没什么心情跟她详说整个事件的内容，况且她也不是扮演这种角色的人。

吃着味道还过得去的料理和酒，先把胃收服了。我还说了一些真木关心的信息和这个圈子的一些故事，中间还夹杂了一些玩笑。年轻女孩光听别人说话是不会满足的，这我十分清楚，在这之后也必须当个听众。她说的话没有什么内容，而且结构松散，无聊到不打瞌睡也是要有点功夫才能熬得过去的。不光是这样，我连打呵欠都要紧咬着牙才行，还得奉承她说从没听过这么有趣的话！她大概觉得今天晚上她变得比较会说话了吧。

男女关系也是游戏吧。只是游戏的对手不强的话会变得很无趣。就今晚来说，这对手也太不成气候了。我看着真木那愉快的脸，一边想今晚应该找另一个女人的。要是找上班族的那个女人的话，首先，忽然找她约会，她一定会有戒心，之后要解除她的戒心可是要大费周章的。而且吃饭时的话题也没那么容易找。只是，和女人约会时，多少还是用点心思和精神比较好吧。

也就是说，我所求的并不只是肉体，而是高度刺激的游戏。性，说是一场游戏中胜利的报酬一点也不为过。

不只是恋爱，对我来说万事皆如此。将其看成是一场游戏，然后去感受赢得游戏后的愉悦，运动当然如此，读书也一样。成绩的优劣代表了这个游戏的一切，而考大学则是最大的胜负，在这里要是能够得到胜利的点数，那么在所谓的人生游戏中也是可以过关斩将的。我凭着这个信念，总算进到自己期望的大学。找工作时也是如此，用尽各种想得到的方法，挤进自己想要进去的公司。想想，这都是有好的计划所带来的结果。

人生至此，我几乎没有输过任何一场游戏。不用等到葛城胜俊说，工作对我来说也是游戏之一，这次日星汽车的活动也是如此。而且这次汽车公园的企划案，我相信一定会成功的，到现在我还是这么认为。

他说他对商场游戏有些自信?

要是这样的话，就来一决胜负吧。看谁才是真正的高手，清清楚楚地来分个高下。

但是我该怎么做呢?对方已经剥夺我挑战的机会了。遗憾的是，我并没有任何能挑起战火的方法。

“怎么啦?”真木露出不可思议的表情看着我。我在想事情时似乎听漏了她说的话。

“没、没什么。可能酒喝多了吧。”我笑着吃了口甜点冰沙。

出了餐厅后试着约她要不要再到别的地方喝一点，她想都不想就答应了。我招了辆计程车。

“这样我就安心啦，佐久间先生心情很好的样子。”计程车开动时，真木这样说。

“什么意思?”

“嗯，我在想啊……”她在想要怎么说，然后才开口，“我担心你心情不好啊，要是心情低落，脾气也会不好啊什么的……”

“你这样说很奇怪。为什么心情不好脾气就一定会不好?”

我这样一说，她翻翻白眼对我说：

“今天白天的时候啊，我打电话给淳子，你知道的吧?上野淳子。”

“当然知道啊。”

上野淳子是赛博企划的人，也是因为她我才认识真木的。她们好像是高中时代的朋友。

“她跟你说了些什么吗？”

“是啊，聊天时聊到佐久间先生，她说你今天可能有点心情不好吧。”

“心情不好？”

“因为你本来被赋予一个大案子的啊，忽然又被换掉……”

“她这么跟你说的啊？”

“嗯。”

我叹了口气。日星汽车企划一案的佐久间骏介被换下来的事，全公司的人都知道了！一定会有各式各样的谣言满天飞，其中一定有人暗自叫好，因为在工作中被我痛骂的、被我换掉的人也不在少数。

“淳子说啊，把佐久间先生换下来是个错误，没有人可以把事情做得那么几近完美了。”

“被这样说也是一种光荣啦。”

其实被上野淳子那样的人说成这样我一点也不觉得高兴，反而让我觉得更加受辱。

“这不是恭维的话哦！她说，除了犯罪以外，大概没有人可以胜过你的！”

“哦……”

忽然心中好像被什么事情绊住，就像发现忘了东西时的前一刻一样，然后总算想起到底是怎么回事，我脑中浮现了一个想法。

“对不起！在这里停一下！”我对司机说，“有一个人要在这里下车。”

坐在旁边的真木睁大眼睛说：“怎么啦？”

“对不起，忽然想起有急事要办，我改天一定郑重向你道歉。”

我从皮夹里掏出两张一万元的钞票，硬塞给她之后，一个人下了车。真木坐在再开动的车子里，呆呆地望着我。

我招了一辆计程车，上车的同时说：“到茅场町。”

在茅场町宝拉饭店前下车，从正门玄关走进去，不经过柜台，直接向电梯走去。

我敲了门也没反应，再敲一次，还是没反应。正想“居然不说一声就退房了”的时候，门忽然开了，在细缝中看见了树理的脸。

“嘿！”

“一个人，是吧？”

“是啊！怎样？”

她点点头，先关上门，将门链拿开后，再把门打开。

房间里的电视是开着的，正播放介绍最新流行歌曲的节目。她好像是躺在床上看电视，床上满是各式各样的零食，床头桌上则放着烟灰缸和保特瓶装的果汁。

“你有没有好好地吃上一餐啊？”

“刚才去了餐厅。”

“吃了什么？”

“为什么要问这些？”

“担心你的身体啊，不吃些有营养的东西的话会不好的。”

“哼，”她一面看着我，一面在床边坐下说，“把重要客户的大小姐送回家时，要是瘦巴巴的话，你也不会给人什么好印象的吧？”

依然没变，还是那么伶牙俐齿，真想让人挫挫她的锐气！

我抓了把椅子坐下，拿起遥控器将电视关掉。

“接下来呢？想要回家了吗？”

“不是说过了不回家的吗？真啰唆！”

“只是想确认一下罢了，因为这是件重要的事！”

“重要的事？”她皱了一下眉头说，“什么意思？”

“等一下再解释。我还想要确定一件事情，你昨晚说要我帮你拿钱来，而且说是自己可以继承的那个部分的金额，那是开玩笑的吧？”

“要是开玩笑的话，才不会那样说。我又不是小孩子，不会只为了想要知道家人有多爱我就离家出走的！”

“那真的是认真的喽？”我瞪着她看。

“是真的！你要我说多少遍啊？”她很生气地说。

“那好！”

我就坐着打开旁边的冰箱，拿出一罐百威啤酒，拉开瓶盖，大量冒出的泡沫弄湿了我的手。

我喝了一口，把罐子放在桌上，再重新看着树理的脸，她露出讶异而又厌恶的表情回看我。

是下决心的时候了！她要是听了我的提议，会有什么样的反应呢？要是拒绝的话，那一切就玩完了。她爸爸会通知小冢，会逼迫他马上杀我的头！小冢是无法反抗葛城胜俊的，那我就会被赶出公司！

只是现在在赛博企划公司里被这样看贬也是很惨的！还不如赌它一把！

想起小时候在商店街玩电玩机，在攻城游戏过时后，出现了一堆数不清的电玩游戏，那时的我一有新的电玩游戏就往游乐场跑。在彩色画面的背后，是机器在向我挑衅。

投币——此刻和那一瞬间是相同的！

“要不要来玩个游戏？”我开口说。

“游戏？”树理的眼神充满了疑问。

“可以完成你心愿的游戏哦。你可以从葛城家拿到你认为应得的钱，同时我也可以拿到我应有的报酬。”

“你是说要做什么的意思？”

“哦？这话很令人意外哦，这原本可是你说的话哟！”我再次拿起啤酒，大大地喝了一口，然后看着她说：“是个绑架游戏！”

一进到屋子，树理脱鞋子前先吸吸鼻子闻了一下。

“有味道吗？”我问她。

“没有。我以为男生的房间味道会很重。不过气味还不错呢，是薄荷吗？”

“是芳香剂啊。我也不喜欢房间里有味道，就算是自己的味道也一样。”

我住的地方是一房二厅一厨。树理坐在客厅的双人沙发上，环视房间后说：“基本上还蛮干净的嘛。”

“每星期打扫一次的关系吧。”

“哦——看不出来嘛。”

“习惯了也就没什么。关键是不要让东西增加，没用的东西就扔掉，这样的话打扫起来也不会过于麻烦，三十分钟就可以打扫完。一星期有一万零八十分钟，努力个三十分钟，可以换来剩下约一万分钟的舒适，反过来说，要是舍不得那三十分钟的努力，那就一定要过那剩下不舒服的一万分钟了。”

树理在我说话的同时，很明显地露出一副厌恶的表情。

“有什么喝的东西吗？”

“煮个咖啡吧。”

她不点头，眼睛看着那座靠墙的瑞典制的橱柜。

“酒比较好吧。”

真是任性的小女生！但是今晚就顺着她的意吧。

“OK。啤酒、苏格兰威士忌、波本、白兰地、日本酒，”我边屈指边说，“你要什么？”

树理跷着脚，将双手横抱在胸前说：“我想喝香槟王，粉红色的。”

真想揍她一拳，不过忍耐一下吧。

“平常都有一两瓶冰着，不过刚好昨晚喝完最后一瓶。葡萄酒的话还有，就将就一下吧。”

树理哼了一声，然后说：“没办法喽，那喝红的好了。”

她挺了一下身体想要装成成熟女人的样子。算了，就让她爽一下好了。

“遵照你的指示！”

别人送的意大利红酒躺在橱子里的角落。我拿着旋转式的开瓶器拔出软木塞。

树理喝了一口，在嘴里品尝了一下。我心想，她应该会说这酒还年轻吧。

不过她却好像很满足地点了点头说："嗯，好喝。"

"那太好了。你对酒很讲究吗？"

"不是，"回答得很干脆，"我只要觉得好喝就行了，要记酒名什么的，我觉得很麻烦。"

"不过你却知道香槟王。"

"关于香槟我只知道这个而已。我爸爸常说的，只有香槟王才称得上香槟，其他的都只算是另一种饮料。"

葛城胜俊的脸一浮现在眼前就令人想反驳。

"香槟这个地方做的起泡酒就叫做香槟啊。不是只有香槟王而已吧。"

我才说完，树理就摇摇头说：

"香槟原本是香槟地区高村修道院的秘方，后来才传到整个地区。而且发现这个秘方的是管理酒窖的唐·培里侬修士，所以香槟王才是真正的香槟！"

"好吧，好吧。"我把这便宜的红酒喝下，说，"还真上了一课呢！"

真是令人不快！葛城胜俊是不是也像这样边拿着香槟酒杯边吹嘘他的博学多闻呢。

“对了，我想谈刚刚的话题。”我开口说。

“游戏的事？”也难怪树理会露出紧张的表情。

“当然！再确认一次，你真的想这样做？”

“要不然的话，我会跟你到这里来？”

“你给我个明确的答复，到底想不想玩这个绑架游戏？要是还在犹豫就明讲，我再给你考虑的时间。”

不过她却很不耐烦地摇了摇头说：

“我也说啦，我不是闹着玩才离家出走的。我恨葛城家！这个游戏我玩定了！”

“那好！游戏开始前我们先来个结盟仪式，”我将两个酒杯倒满酒，拿起自己的说，“预祝我们游戏获胜！”

树理也拿起酒杯，两个人干了杯！

我还没有想出什么特殊的作战计划，一切都从现在才开始。但是我好久没这么兴奋了，竟然可以玩这么有挑战性的游戏！

“有两三件事要确认一下，”我竖起食指说，“首先，要知道你离家出走的事有没有向其他人提起，譬如说跟朋友打了电话什么的？”

树理马上摇摇头说：

“没有理由这样做吧，要是他们跟家里说就麻烦了。”

“好。再来，把昨天到今天的行踪一一说出来。嗯，你不是去了餐厅吗？是哪一家？”

“为什么要问这些？”

“想要明确掌握和你接触过的人，万一有人记得你的脸的话就麻烦了。”

“这种事，你就别操心了。”

“听清楚了，你想想看，为什么犯人会被警察抓到？因为他们都不在乎自己的行踪。在哪里、是如何留下痕迹的，没有这种自觉的话，就无法分析警察会采取什么行动。”

“但是你认为餐厅的服务生会记得我吗？他们每天要面对那么多的客人。我去的时候，也有其他几十个客人在，打个赌，我想服务生才不会那么仔细地去看客人的脸呢。”

“我也希望是这样啊，但是，你要有你的脸被看到了的警觉性！”

树理叹了一口气说：

“右转直走，就在前面的丹尼斯餐厅啦。我吃的是虾仁焗饭和色拉，还有咖啡。”

我拿起电话旁的便条纸和原珠笔，记下丹尼斯餐厅、虾仁焗饭、色拉、咖啡。

“坐在柜台座位吗？”

“是窗边的位子，吸烟席比较空。”

“在那里没有做出什么让人留下印象的事吧？”

“我没有想到要那样做。”

“也没有人一直盯着你看吗？”

“为什么人家要盯着我看？”

“因为你长得蛮美的啊，说不定就有男生看你。”我看着树理那张标致的脸说道。

树理笑也不笑地转过头去。

“说不定是有的，只是我没注意到。在那种场所我也是尽量不和人互看的。”

“那样更好，”我点点头说，“那出了餐厅之后呢？”

“去了便利商店，买了零食和果汁。”

好像就是散在床上的东西。

“哪一家便利商店？”

“餐厅对面那家。”

我知道那家便利商店，里面卖酒，我曾在半夜里去买过东西。

“你只买了零食和果汁，没有和店员聊天吧。”

“店员是个像刚被裁员的大叔，光不打错收款机按键就已经像去掉半条命的样子了。”

“便利商店之后就直接回到饭店了吧？”我看她点头后，又继续说，“跟饭店的人照过面吗？”

“这个嘛……”她歪着头说，“回饭店时曾经过柜台，说不定有谁会看到我。哎哟，我怎么知道事情会变成这样。”

“这个我知道，没关系的。”

我看着手边记的便条纸，见过树理的人可能有餐厅的服务生、便利商店的店员和宝拉饭店的人员。但要是相信她所说的话，那么这里头似乎没有人对她有什么特别的印象。

“问题在于公开侦查的时候了。到时候你的照片会在市区内流通，而这些你提到的人，说不定其中有人会想到曾经见过你。”

“哪有可能！”

“我也是这样想。但是通常计划性犯罪会被识破，往往就是这个哪有可能的时候所发生的。没办法安心哩。”

“那怎么办？”

“只能严厉要求不要让你的照片曝光。虽然这么做太流俗了一点，但只好先这么跟对方放话了。”

“放话？”

“讲绑架的连续剧里不是常有一些台词吗？例如要是报警的话你的小孩就会没命之类的，那种既老套又可耻的话呀。”

“哦。不过这不是都一定要说的吗？”

我把便条纸放一边，把剩下的酒倒进酒杯里，坐在沙发上跷着脚。

“不管我们放什么话，你爸一定都会跟警方说的，他就是这种人。所以呢，要被害家属不要通知警察根本就是废话！要要狠的话，应该说要他割爱才对！”

她沉默不语，她似乎也了解葛城胜俊的个性不会受歹徒要胁的。

“但是，这种事不用说，我想警察也不至于会将绑架的事公开，这么做只是为了小心一点。不过比起这一点，整个案子结束后的发展才真的要好好想一想。当然，你会被平安释放，但这之后最好不要在媒体前曝光，理由刚才说过了，我们无法确定昨天和今天这段期间是不是有人见过你。”

我说完后，她睁大眼睛看着我说：

“你已经考虑到案子结束以后的事了？！”

“那是当然的啊。不先将最后结果的蓝图描绘出来的话，如何能将计划变成一个案子？”

“你所说的最后的蓝图是指我们获胜的事吧？”

“那还用说，我一直都只设想胜利的蓝图，这就是我的个性。”

我喝了一口酒，含在嘴里，品尝红酒那种涩涩的滋味。

“要是计划进行顺利的话，我想到国外去，所以不会在媒体上曝光，也不打算接受采访。”

“要能这样最好，但要完全拒绝采访应该很难吧。不过要是要求不露脸应该还可以接受。”

“嗯，就这么办。”真难得树理会那么干脆地点头。

“好啦，离家出走后的目击者问题算是解决了。”我再度拿起便条纸和笔说，“离家出走前的事情说来听听吧，这是重要的事情。”

“离家出走前的事情？”

“昨晚我只看到你翻墙跑出来而已，在那之前你在哪里，做了什么，希望你能说来听听，最好能仔仔细细地说明一下昨天一天的行踪。”

“这也是有什么意义的吗？”

“你想我会问一些无意义的话吗？”我用笔头敲了便条纸两下，“注意听着，一旦变成绑架案，警方会先开始弄清楚你在什么时候、是如何被绑架的。因为根据这些线索将罪犯找出来的可能性是相当高的。简单地说，要是没有人有任何机会绑架你的话，警方就会怀疑这是一桩恶作剧。”

树理没有表情，但是似乎能理解我话里的意思。

“我昨天好像没跟什么人见过面呢。”

“你可不可以不要说些模模糊糊的话啊。这根本无济于事！”

她生气地瞪着我说：“你要这样说我也……”

“好，那我这样问好了，最后跟你见面的人是谁?”

“这个嘛……”她歪着头想了一下，也就这么歪着头回答，“是千春吧……”

“他是谁?”

“爸爸第二任太太的小孩。”

“啊，是同父异母的妹妹啊。叫千春？怎么写?”

“数字的千，春夏的春。”说完后哼了一声又说，“好俗气的名字!”

“也不是啊。你们是什么时间见面的？在家里，是吧?”

“是在晚饭过后，八点左右吧。我在浴室，千春走了进来，我想应该没说什么话。”

“在那之后呢?”

“就在自己房间里看电视。我一直都是这样。一直都是这样一个人待到早上呢。”

“真的没有跟任何人碰到面？这真的很重要，要好好地想出来!”

树理一副觉得很麻烦的样子摇了摇头。

“吃完饭后，大家都躲在自己的房间里，晚上大家几乎都不碰面的。千春好像常常不回家在外过夜，爸妈大概都不知道吧。

因为只要在早上大家一起吃早餐前回来就可以了。”

那么大的房子就只住了四个人，这种事是有可能的吧。

“所以晚饭是和妈妈还有千春三个人一起吃的？”

葛城胜俊那时候应该是和小冢在一起用餐，边吃着高级料理，边命令将无能的佐久间骏介从项目中换掉吧。

“晚饭时只有我一个人。”

“你一个人？为什么？”

“他们两个人好像都外出了，这是常有的事。对我来说还比较轻松呢。”

“那你是自己做晚饭的？”

要是这样还真会让人诧异呢，不过她很干脆地摇摇头。

“哪有可能，崎太太做给我吃的啦。啊，对了！吃晚饭时，崎太太就在旁边。”

“崎太太？到目前为止你没提过这个名字。”

“女用人，特意从大崎来的呢。”

原来是有用人的，想想这也是当然的事。

“那她的工作时间呢？”

“详细的时间我不清楚，好像都是下午才来的吧。扫地、洗衣，还有买东西，然后做晚饭。回去的时间视当天情况而定，大概都是晚饭之前回去的。不过昨晚我吃饭时，她好像在整理厨房吧。”

“你吃完饭后，她才回去的吧？”

“应该是这样。”

“吃饭时有聊什么吗？”

“当然聊了一下啦。在一起没有理由一直沉默不说半句话吧。”

“聊了些什么？你应该没说任何暗示要离家出走的事吧？”

“没有理由说那样的话吧，那时候想都没想到要离家出走呢。”

“原来如此，”我把写在记录上的千春的名字圈了起来说，“昨天我问过你为什么从葛城家离家出走的原因了，但我想应该有什么突发的事件促使你这样做吧。怎么看都是晚饭后和千春说过话之后才发生的，那时候是不是发生了什么事？”

树理的表情瞬间僵住了，双手在胸前交叉，然后才噘着嘴说：

“我用了她的面霜。”

“面霜？”

“保养用的面霜。我只不过是用了一点点放在浴室里的面霜而已。”

“啊哈！”我点了点头说，“因为这个吵架了，对不对？”

“才不会吵架呢！我们才不吵架。像这种时候只有我单方面一直道歉的分。这是常有的事，我已经习惯了。不过昨晚千春特别唠叨，一句接一句不停地抱怨。”

“所以你一气之下离家出走？”

“我回到房间后，越想越觉得委屈，觉得好悲惨。不管怎么说，我连一秒钟都不想待在这个家里了！”

简直就跟小学生没两样，不过我不能这么说出口。

我看着写下的笔记，在脑中整理了一下。我必须将她的话变成一个前后没有矛盾的故事。

“你说千春有时候会外宿不回家，那么你呢？你昨天离家出走，但是你有没有像这样偷跑出去玩过？”

“也不是没有过，但没有像千春那样频繁。我也有享受青春的权利啊。”

“青春，是哦。”

这句话从三十多岁的男人口中说出来会像个糟老头，可是从年轻女孩口中说出却有一种新鲜的感觉，为什么会这样？

“你偷跑出去的时候也像这样爬墙出来吗？”

“从边门出去的时候比较多吧。可是昨天不想被摄影机拍到，所以才爬墙出来。要是从边门出来的话，有时会被摄影机拍到。”

“晚上跑出去玩也是很辛苦的嘛。嗯，那外宿呢？”

“有过几次吧……”她耸了个肩好像在想当时的情况。

“忘了问重要的事，你有没有恋爱的对象？”

“现在是自由身。大家一知道是葛城家的小姐，好像都敬而远之。”

“最近的学生都很胆小呢，要是能有点野心也不错啊！所以跟你一起玩的都是女的朋友啰？”

“是啊，大学的朋友啊。”

“要出去玩的时候都会事先联络吧？”

“对啊。不过，有时也会突然就跑出去。有几家是我常去的店，要是去这几家店的话，大概都会遇到一两个认识的吧。”

二十岁的小女生说出“常去的店”，听起来有点傲慢的感觉。但是这些话足以说明她偶尔也会跑出去玩。

“还有，”我看着她的包包说，“你没有手机吗？”

“放在家里了。带手机太麻烦了！”

“麻烦？”

“是啊，他们要是注意到我不见了，一定会打手机找我的，光响不接不是会很吵？反正也一定要关机的啊，带着也没意义，想打电话的时候打公共电话不就得了。”

“我喜欢你这种合理的思考方式，”我点了两三次头，这可不是恭维的话，“只是，这样会有一个问题，对于你没有带手机出门，警方一定会起疑。”

“会认为只是单纯忘了带而已吧。”

“年轻女孩子出门玩会忘了带手机？这就跟忘了带钱包一样怪。警方一定会怀疑这种不自然的地方。看看这个问题要怎么解决吧。”

“急急忙忙忘了也是有的事啊！”

“那为什么会急急忙忙？也没有跟任何人约好。”

“怕赶不上最后一班电车啊。”

我嗤之以鼻地笑了一声。

“在家前面招计程车亏你还说得出这种话来。不过，怕赶不及的这个想法还不错。”我用原珠笔在便条纸上敲了两下说：“你说有几家常去的店，这其中有几家是十二点左右关门的？”

树理咬着拇指指甲想了一下，开口说：

“涩谷的‘疑问’好像应该是吧。”

“OK，我们就设定是这家店好了。你因为面霜的事让千春抱怨个没完而感到很烦，为了让心情好些想去‘疑问’，只是不快一点的话，店就关门了，所以忘了带手机。到目前为止有什么不自然的地方吗？”

“这样不错啊。”她不假思索地回答。我从一开始就不敢对她的判断有所期待。

“接下来是罪犯什么时候绑架你……”

这可是个大问题。在这个地方要是搞砸了，那这个计划就泡汤了。

我在脑中假想自己是罪犯，想要绑架葛城家的女儿，在哪里埋伏，然后如何避人耳目把她带走。

“只有一个地方有机会。你在跑出家里后，到大马路上拦计程车。要绑架的话，只有在你家到大马路前的这段巷子。这段巷子很暗，而那个时间又不太有人经过，只能在那里强行带走你吧。”

“强行带走？是说被莫名其妙带走的意思？”

“快得让你来不及尖叫，一瞬间就把你绑走了。”我轻轻地闭上眼睛，想象那个画面。在田园调布的高级住宅区里，树理一个人走在路上，罪犯的车从背后开来，慢慢地，快要超过她的时候，车子停了下来，后车门打开，男的很快下了车。

“罪犯最少两个人，”我闭着眼睛说，“一个人开车，还有一个人必须坐在后座等待机会。那个男的一下车，马上用手帕捂住吓呆了的你，那手帕当然是沾满了三氯甲烷……”我摇摇头接着说：“三氯甲烷太老套了，用乙醚好了，吸入麻醉是用乙醚的，犯人有一点医学知识，很习惯使用这种东西。”

“哪一个都可以啊，反正警方也不会调查这个东西。”

我张开眼睛，对她做了个苦脸。

“这可是和我在塑造的罪犯形象有关。在让犯罪内容明确的同时，也必须建立犯人的个性才行。”

“有那个必要吗？”树理一副把我当笨蛋的样子说道。

“恶作剧式的绑架之所以会被识破，就是因为罪犯事先没有将真正的绑架计划好好设想一遍，结果是只会做出如恶作剧般的奇怪行动，露出破绽来。这也就是为什么我要追根究底问你离家出走之前所有行踪的原因。”

我不清楚她是否明白我所说的话，她只是默默地耸了耸肩。

我继续往下说：

“用乙醚把你弄昏迷之后，罪犯马上开车逃走，来到事前就准备好的隐秘房子。那里准备了足够的食物和其他的生活必需用品。当然有电话，有电脑，甚至还有电视。你处于被监禁的状态，而且是连续好几天。”

“那隐秘的地方在哪里？”

“这也是个重要的问题。不可轻率就决定，必须以这个罪犯的性格为基础来设想，他们会把这个隐秘的地方设置在哪里？”

“假如是这样的话，那就塑造一个帅一点的罪犯吧。”

“那要看有没有必要。譬如罪犯的特征是非常谨慎有耐心，所以采取的行动迅速而果决，要像是这样的个性。”

“哦，是这样子的。”

“你想想看，从绑架的手段来思考，罪犯是在某种情况下得知葛城家的女儿偶尔会偷偷离家出走，于是便一直监视寻找机会。要不是谨慎有耐心的话，是不可能办到的。同时在机会来临时也不能有所迟疑，也要有当机立断的能力来配合才行。”

“原来如此，”树理轻轻点头用尊敬的眼神看着我说，“可以问一个问题吗？”

“什么？”

“我是被监禁在一个隐秘的房子里？”

“还没决定是监禁还是软禁。有什么奇怪的吗？”

“嗯……”她舔了一下嘴唇问，“我会在那里被强暴吗？”

葛城胜俊先生敬启：

您的女儿在我们手里。想让她平安回家的话，请按照我们的要求。首先，请准备现金　　亿元。

不用说您也知道，请勿与包含警方在内的第三者联络。要是无法遵守的话，我们马上中止交易。

还有，目前您的女儿并未遭到任何肉体上的危害，往后就全看您的表现来决定，不过我的君子风度也是有限的。我想，为了双方利益，请尽快决定。

椅子咿呀一声转了半圈，我转向面对着树理。

“好了，赎金要多少呢?”

她看了电脑屏幕后，在床上坐了下来。

“看这封信，你打算要一亿以上吧?”

我对她扮了个笑脸。

“那是当然的喽。你想我绑架的是谁?是雄霸天下的日星汽车副社长的女儿!要求一亿以下的金额能干吗?”

“你觉得他会为了一个小妾的孩子付那么多钱吗?”

“你说的这件事，罪犯可不会知道吧?”

我再将椅子转回去，手指敲着键盘。在“亿元”前的空格上填上“三”的数字。

“三亿元!?为什么?”

“没什么特别根据，重点是为了扰乱吧……”我伸手去拿啤酒，接着说:“或许会有某种程度的效果让他们去猜想犯人是不是有三个人。三亿元或许说不上是笔大数目，但是若要个十亿二十亿的，我想令尊大人也没办法马上筹到那么多钱吧。”

“三亿元……两个人分，一个人有一亿五千万呢!”

“我只要一成三千万就可以了。需要钱的是你吧?!”

“你不需要钱吗?”

“当然需要。但这不是这个游戏的目的。”

我手中操作鼠标，屏幕上出现 3D 彩色立体画面，上面的标题写着“AUTO-MOBILE PARK”。

“那是什么?”

“这是我这几个月来的心血结晶，要不是被一个无知的人拦腰一砍，这个梦想世界就将实现。”

我按一下鼠标，立体画面中的大门敞开，一片广阔的汽车世界呈现眼前。进入右边可以看到汽车的创世纪。从使用蒸汽引擎的车到让古董车迷垂涎的珍品全数搜齐。

“好像博物馆喔!”

“这不只是博物馆。如果是博物馆一定会写这样的警示标语：请各位来宾注意，请勿触摸展示品，但是在汽车公园不会有这种土里土气的标示。参观的来宾都可以上去试车，从手排的汽车到丰田的 2000GT、F1，任何车种都可以试车，而且不需要有驾照。”

“什么意思?”

“各个区域都会有几部虚拟机器，利用这些机器可以模拟驾驶你所期望的汽车。简单地说就像是游乐场的驾驶电玩机一样。依车种的不同，画面中呈现的风景也有所变化。也就是说开着丰田 2000GT 的话，就会让人觉得像是行驶在古老优美的昭和时期日本风景里的感觉。”

“嗯，很有趣的样子哦！”

树理只是单纯地赞叹，她父亲要是也能像她一样单纯就好了。

“观众可以了解汽车历史，依序认识现代汽车，过了这一区，虽然可以直接进入到想象中的未来汽车世界区域，但我在这之前准备了一个特别的展示角落，而事实上这正是整个规划的重点所在，日星汽车的新车就藏在这个展示角落里。然而这里也设置了虚拟机器，可以让客人提早体验新车驾驶的舒适度。而这里的虚拟机器可是很炫的，跟其他区域所放的机器不同，是日星汽车开发部门运来的实体车。让客人实际坐到车里头，除了确认新车的性能，同时也播放新车的形象广告及音乐，并有技术解说员说明新车的优点。在走出这个特别展示角落的时候，每个客人手中都会有一份新车介绍目录，而且会同时考虑如何利用分期付款购车。”

我一口气说完，树理频频看着我并且一脸专注地闭着嘴巴，然后叹了一口气。之后我又将画面返回到威胁信。

“我再说一次，要不是葛城胜俊的偏执，我现在所说的一切都会实现。日星汽车的新车销售会很成功，赛博企划的名声也会远播，应该是大家都幸福快乐的时候。”

“也就是说你因为企划案被否决而生气了，所以才要玩这个绑架计划?”

“如果你用报复来解释，那可就有点遗憾了。一开始我就说过了，这是个游戏。我向你父亲挑战这个游戏，我想和他分个高下，看谁才是游戏高手。”

“但是我爸爸并不知道这是个游戏啊，这太不公平了吧。”

“没这回事。葛城胜俊是不会只是把这件事交给警方来办的。他一定会用他的智谋撒下天罗地网。当然他不会知道对手是我，但他一定会参加这个游戏的。真正的交手要从那时候开始。”

我又重新读了一次威胁信。

最后“目前您的女儿并未遭到任何肉体上的危害”的部分，我在遣词上斟酌了许久。之所以这样写，是因为树理问了是否会遭到罪犯强暴。

正值花样年华，而且又是有魅力的女孩子被软禁起来，想当然会引起罪犯的垂涎。我所设定的罪犯是两名男子。为了打消人质逃跑的念头，我必须设定其中的一个或是两个男人都有可能强暴才比较合理。

但是对于罪犯侵害树理这部分的设定，我始终都提不起劲来。当然实际上是不会发生这样的事，我也没那种嗜好。何况要这样设定的话就必须让她说谎。在案子告一段落后——当然是犯罪成功的情况下，警方一定会问她许许多多的问题：罪犯有没有对你动手？也就是说，有没有对你施暴啊？一定会这样问的。要让她怎样回答才是最好的呢？真实遭到强暴的人质，会有什么反应呢？这点的确是有些困难。如果回答得含糊不清，光让警方看到充满泪水、楚楚可怜的表情，或许会让刑警们察觉到是不是发生了什么事。但实际的问题是，树理的演技有到那种程度吗？我的判断是：不能期待，那无法逃过刑警的法眼。

罪犯不会有强暴行为——我下了这样的结论。那为什么他们会不采取那样的做法呢？是自制力吗？这种说法缺乏说服力。我所想到的方法可说是一种苦肉计。

我重新设定罪犯是两人一组，其中一个是女的。这两个人或是情侣或者是夫妇。在绑架树理时，开车的是女方，这么一来，不太可能会有男方趁女方不注意的时候侵害树理的情况。

信上用“目前您的女儿并未遭到任何肉体上的危害”的说法，只是为了暗示会有强暴的事。等到案子结束后，从树理的口中得知其中一人是女人的时候，刑警也会拍膝恍然大悟的。

“再来，下一个问题是要怎么送出这封威胁信呢？”我双手交叉于胸前，身体靠在椅背上，“你知道你父亲的电子信箱吗？”

“不知道。”树理很干脆地摇摇头。

“那手机号码呢？”

对于这个问题她也只是对着我摊开两手而已。

“那你什么都不知道喽！？”

“你去涩谷附近，问问看跟我同年纪的女孩子，记得父亲的电子信箱和手机号码吗？问十个人，要是有一个人回答得出来，我就给你下跪！”

“我没有想让你给我下跪。”

我想了一下，或许是这样吧。一般人本来就是将别人的电话号码输入手机里，自己记得的也越来越少，我自己也是这样子。况且也没什么事要打给父亲吧。

要查出葛城胜俊的电子信箱和手机号码并不难，只要向公司的相关人员打听一下就知道了，可是这样的话就一定要报上自己的姓名了。

“不能打电话吗？”树理问我，“绑架之类的连续剧或影片里头的犯人不都是打电话的吗？”

“那样会很危险的。不用说反侦测，犯人的声音、声纹、说话的特征、背景声音，都是警方办案的重要线索。要是这么做的话，完美的绑架就成了梦中梦了。”

“不过，如果是头一通电话呢？我想警方应该还没有动作吧。而且我家没有电话答录机。”

“你离家出走已经二十四小时了，应该是向警方报案了，警方也会开始有各种怀疑。要是一般家庭可能就不会管那么多了，但再怎么说你可是葛城家的女儿！很可能会朝绑架的方向思考，应该会有几个侦查员已经在等罪犯打电话来了。”

“真的会到这种地步吗？”树理歪着头说。

“或许没有，或许有。我不是个乐观主义者，也不会去赌一半一半的概率。”

我看着电脑画面，心想要是能用电子信件送出这封威胁信就好了，但好像没办法如愿。

“家里有传真机吧？”

“有，在爸爸的书房。要用传真？”

“这是最省事的方法了。然后，要怎样收到对方的回应？你有没有什么方法？”

我以为她不会给什么答案，她却一副开始认真思考的表情。

“你一开始说打算用电子信箱寄出，那你要用什么账号寄出？不可能用你常用的账号吧！？”

“那当然！没有那种笨蛋，寄威胁信还直接写自己账号的。可以在寄件栏上显示假账号，但是为了安全，最好用新的账号。”

“就是没办法查出身份的账号的意思喽？”

“是的。有两个方法可以考虑，一个是免费的电子信箱服务。”

譬如说像是 Hotmail 这类免费的电子信箱服务，身份和地址不用明确也可取得电子信箱，警方再怎样也不可能从电子信箱来查明正确的身份。

“还有一个呢?”

“用你的电子信箱寄啊。”我指着她的胸前说。

“我的?”

“你有电子信箱吧?”

“信箱地址还记得，不过密码忘了!”

“要是这样那就弄个新的，你说你有信用卡吧，有卡的话马上可以签约加入。”

“嗯……”树理一脸在考虑什么的表情，然后说，“有一个地方要更正。”

“什么?”

“我说有卡是假的，零用钱是有一些啦。”

“我当时就想你是不是真的有卡呢，为什么要说谎?”

“我只是不想让你看出来而已啊，要是被你知道我没钱的话，等于让你看出我的弱点一样。”

树理一点也不害臊地噼里啪啦说了一堆，直瞪着我的脸，一副无关痛痒的样子。

“这样的话只有一个选择了，就是用免费的电子信箱服务。”

“这样可以取得信箱账号吧?”

“要不然要怎么样呢?”

“要是这样的话，可以在威胁信上写上电子信箱，然后用传真叫他回信到这个电子信箱。”

“这的确也是一个方法。”

她的脑筋转得还蛮快的，我对这女孩的看法稍稍有一点改变。

“这样行不通吗？”

“还不错啊，但无趣！我没兴趣和对方打迂回战，就算用电子信箱也是只用一次就不再用。寄新的信时，再用一个新的电子信箱，也就是说就算对方寄信过来，这边也不会看的。”

“很谨慎呢。”

“当然！你到底知不知道我们要做什么？”

我拿起电视摇控器，打开电视，宽大屏幕上出现的是篮球比赛。我不停地转换频道，其中一个体育节目的广告刚好播放日星汽车的 CM，是一款叫 CTP 的跑车。受欢迎的偶像女明星在凉爽的草原上开着车，实在称不上是一个好 CM。或许葛城胜俊没看过这个广告吧。

我利用检索找出有关日星汽车 CTP 的网站。不出所料，那些车迷自行做了个网页，进入其中之一，看看有哪些东西，里头有一个“CTP 车迷俱乐部”的名称。点进去之后，先是出现红色 CTP 跑车，像是一般人拍的照片，做这个网页的人似乎是个爱车人。上面写着:“这是一个喜爱CTP跑车人士的资讯交换及休憩场所。请轻轻松松地来玩耍!”有“新情报”“维修”“我拍的CTP”“公布栏”等项目在上头。这是个任谁都可以提供资讯的好时代。我在“公布栏”上按了两下,不一会儿,出现了这样的文章:

享受的人(刷牙兔子)

大家好,之前我也告诉过大家,我们家的CTP总算到了,光是想象开着它在高速公路上奔驰的快感,每天都会睡不着!第一次开车后,马上跟大家报告!只要不出事的话就好了吧(笑)。

异音(光姬)

我开CTP已经两年了,最近注意到温度计上升的事,是不是温度过高?这让我冒冷汗!有没有人有相同的经验?

Re:异音(跑跑吞兵卫)

光姬小姐,我的车也有过相同的问题,CTP的车型多少对发动机的冷却器会造成影响,不过不至于温度过高。要是担心的话就去检查一下也好(不成建议了)。

一般小市民有了这个叫做网络的玩具之后,幼稚的文章还是一样到处流传。但话说回来，凶暴阴险的留言也是挺麻烦的。

把URL记录下来，先下线再说。

我调出刚才写的威胁信，再看了一下之后，接着写道：

要是您有意交易的话，请进入下面所写的URL，在公布栏上用树理的名字表明您的想法，我们确认之后会跟您联络。

网站名：CPT车迷俱乐部

URL：http：//WWW.……

“这样如何？”我回头看着树理。

她读过几遍后点了点头说：

“原来如此，这样的话就没有人会怀疑，而且可以确认对方的想法。”

“以前绑架犯常用登报的方法，在三大报的寻人启事上刊登：‘太郎，问题已经解决了，马上回来！’等等，不过这一定得等到隔天。现在我们通过网络上的公布栏，马上就可以确认，对于受害者来说也算是一种比较经济的回复方式。世界还是变得比较方便了。”

我打开打印机电源，准备印出来。

“等一下！”树理拍拍我的肩膀。

“怎么啦？”

“我对威胁信上的内容有一个要求。”

“有什么不满的吗？”

“我不喜欢‘您的女儿’这个字眼，我要你好好地把我的名字写出来，写成‘树理小姐’。”

我再读了一遍文章，然后摇摇头。

“不行！写成‘树理小姐’的话，信就结不了尾。用‘您的女儿’没什么问题吧。”

“谁说的，我根本就不是他的女儿嘛！”说完后她低着头。

“我都说过几次了，犯人根本不知道你的生长背景，只想到你是葛城家的心肝宝贝。我想用您的女儿并没有什么不自然的地方，相反，要是写成树理小姐的话才奇怪呢。”

“反正我就是讨厌那样写！”

我叹了一口气说：

“换成大小姐，这样如何？这样可以了吧？”

但是她却不愿意点头说好，而是说：

“我是树理！葛城树理！既不是您的女儿也不是大小姐！”

“真是麻烦……”我头痛地说，“知道啦！那写‘葛城树理’。‘小姐’也不写了，不要有尊称了。这样可以了吧，我不会再让步了。”

树理慢慢地点了点头说：“这样的话可以。”

我耸了耸肩，敲着键盘修正文章。真不了解这年轻女孩在想些什么。

我重读一遍威胁信，检查有无错字后打印了出来，确认过打印出来的效果后交给了树理。

“就用这张信传真？不是用电脑上的传真功能直接传？”

“为了安全起见，我不想让他们用电脑上文书的形态推敲出来。根据我的经验，这样的文件用传真所花的时间比较短，要是遇到什么麻烦，要断线也比较快。”

为了不多花传真的时间，我将信纸上空白的地方整齐地切割掉，然后再用剪刀将它剪成八小张。

“你在做什么？”

“嘿，你看着吧！”

我拿出透明胶带，将剪成八小张的纸不依顺序方向乱贴一通，然后将贴得乱七八糟的纸放到传真机上。

“你要从这里传真？”树理发出惊讶的声音问，“不会被反侦测？”

“就是不想被侦测到才这样粘贴的。假设葛城家有警方的人在那里守着，他们会看传什么东西进来，但并没有办法马上了解内容，等到他们像拼图一样拼凑好，知道是威胁信的时候，电话应该已经断线了。”

树理正面看着我。

“这个电话有非显示号码契约，一开始不按186的话，是不会将电话号码显示在对方的电话上的。好啦，那请你按下电话号码喽，这份传真由你自己送出去。”

“为什么要我传呢?”

“因为要让你了解到我们是共犯的关系啊。你说过要参加我这个游戏的，但要你出手的时候你还是会犹豫的?说不定等到威胁信传送出去你又改变心意了。”

好啦，她的手指指向传真机。

树理轻轻地咬着嘴唇，然后瞪着我看。我在椅子上坐了下来看着她。一旦触发了危险状态，必须替自己确保一条后路，这是我的做法。

她呼地吐了口气说：“在送传真之前，我想先做一件事。”

“淋个浴让自己的脑袋冷却一下?”

“我想回家看一下。”

“啊哈!”我露出一副失望的表情说，“到了这个地步开始想家了吧，那就没辙啦。”

我把放在传真机上的威胁信抽回来，准备撕掉它。

“等一下，不是这样的。我不是想要回去，只是想在外面看一下而已。”

“到现在你还在犹豫，这样子不可能赢的！”

“我说了，不是这样子的。搞不清楚状况啊你！”树理很生气地挥着双手说，“我一点都没有要逃避这个游戏的意思。我也想要报复这个家啊！我想要确认的是我爸爸在不在家，他要是不在家，送这个传真也没什么意义呀。刚刚也说过，传真机在我爸房间，没经过允许谁也不准碰的！”

“嗯……”我将威胁信重新放回传真机上，“虽然如此，但你爸爸也并不是一直不回家呀，回到家总是会注意到传真的吧。”

“不过这样就不知道会是什么时候了啊，我讨厌这样。要是不弄清楚爸爸到底读了威胁信没有，我晚上根本无法睡觉！”

我用食指伸入耳朵搔了搔痒。我可以理解树理想说的话。

“光从外面看的话，没办法知道葛城先生回家了没有吧？”

“看车库就知道了啊，他回家的话车子就应该在。”

“说得也是。”我不得不点点头说，“是传真跟电话两用的，还是……”

“是专线，号码跟电话差一号。”

“传真过去的时候，跟电话铃声是一样的吗？”

树理摇摇头说：“应该是不会响的。”

“那就算葛城回到家了，要看到威胁信也是明天早上的事了。已经这种时候了应该睡了吧？”

“我还想要确认一件事。我离家出走都已经超过二十四小时了，我想亲眼看看，那个家的人在这种状况下是不是还若无其事地过日子。”

“要是家里灯火通明，那表示大家都很担心你，你就会被感动了，然后中止这个计划？”

我的语调有些冷淡。

“我就是想亲眼看到这种事情也是绝对不会发生的。送出威胁信之前看一下家里的样子，我想对这个计划也没什么坏处吧。”

“你到底想说什么？”

“说不定还可以看看是不是有警方的人守着呢。”

我哼了一声冷笑道：

“你想在这种状况下会有警方的车子停在家门前吗？”

“有刑警在的话，至少家里的灯会是亮着的吧？”

“这个……”这么说也有道理，我接着说，“可是这样有危险吧。一旦有可疑的车子停下来，就会引起警方注意的。还有你家装有摄影机，万一被拍到不就完了？”

“只要经过家前面就可以啦，也不会被怀疑。”

我咕哝了一声，两手交叉，再次看着她的脸。

“我要是说不行呢？”

“要是这样……”她耸了一下肩，“那也没办法了，就依照你的做吧。不过我就没办法发传真了。”

“来这一招！”

我站起来，走向窗边，稍稍打开窗帘，看着下面的夜景。

要继续走下去，还是收手，若是树理还在犹豫，那就应该中止吧。但是看着玻璃上所映照出的她的表情，并不是害怕的样子。这个女孩显露出一股人生将要重新开始的气势，而这也是要继续玩这个游戏的关键性时刻。

我回过头看着她说：“必须乔装一下。”

“乔装？”

“不得不小心一点，万一他们注意到坐在车子里的你。”

她似乎理解这句话的意思了，微笑地点了点头。

大约四十分钟后，我和树理坐在计程车里。不用自己的车，是怕被监视摄影机拍摄到，留下证据。

我和树理在计程车里聊着不会让人起疑的话题——足球和连续剧。不能给计程车司机留下可疑的印象，幸好司机对我们好像也没什么兴趣。树理穿着连帽外套，外头再罩一件牛仔夹克，两件都是宽松的衣服，反正更奇装异服的年轻人到处都是。我则穿着皮夹克。司机大概是觉得看到一对半夜里玩疯了的奇怪男女吧。

计程车到了田园调布的住宅区了。我替树理对司机详细说明该如何如何走。接近葛城宅的时候，我的手心冒汗了。

总算在右前方看见大宅了，但是没有理由要计程车放慢速度。

“请直直地向前开。”

我跟司机说完后，树理拉起外套的帽子盖住头，然后再将牛仔夹克往前面拉紧，下巴往后收让脸看不清楚。

通过葛城宅时车子的速度并没有慢下来。我们两人集中眼力，在短短的时间里观察房子的情况。

通过大宅后，我们两人对看了一下。树理轻轻地点了头，我也点了头。看起来整栋房子都已经熄了灯。

之后，我们随便找了个地方下了计程车，走一小段路后又招了一辆计程车。在回家的路上，我们两个人都没说一句话。

回到公寓，我们再一次面对传真机。

“总之，你家的灯都是关掉的。”我说，“车子呢？”

“我想，要是没看错的话，爸爸的车好像在。”

“也就是说葛城胜俊是回到家的，并且睡了，就是这么一回事。这样说来，现在并没有警方的人在监视，”我看着传真机说，“要传威胁信的话，只有现在这个时候了！”

“早上也可以吧？”

“到了早上，状况又会有变化。一旦如此，你的心里又会产生新的不安。要传就现在传，要是错过这机会，那么这个游戏就中止！”

树理看着威胁信迟疑着。我看了一下墙壁上的时钟，我只想给她十分钟，若是她的考虑超过这个时间的话，那就罢手。

沉默持续了五分钟左右，她抬起头来说：“知道了，我这就传。”

“之后就不能回头了！”

“你也不能中途退缩哦！”

“再干一次杯如何？约定之杯！”

树理摇了摇头，站在传真机前面。确定放好威胁信，设定成免持听筒后，手指头慢慢地接近数字按键。

半睡半醒地不知道过了多少个小时，我从沙发上爬起来。和平常一样，做柔软操，俯卧撑，仰卧起坐，做完后我躺在地毯上调整呼吸。正上方出现树理的脸：“早安！”

“很早嘛，还是没睡着？”

“肚子饿了。”

“等一下吧，我现在做。”我起身走向厨房。

早餐吃吐司、水煮蛋和蔬果汁。煮咖啡的话有点麻烦。

我边咬着吐司边打开电脑，检查一下电子信箱，只有两封，而且都是可回可不回的信。汽车公园的这一挫，让我变成了可有可无的人，但我决不会认输，我一定会再回来的！

我感觉背后有一道视线，回过头去，只见树理正看着电脑屏幕。什么事？我问她。

“爸爸不知道看到那封信了没？”她用犹豫的语调说。

“要确认看看吗？”

“嗯。”

我在浏览器上按了两下，然后进入CTP车迷俱乐部的网址，看看公布栏里的东西。

比昨晚看到时多了两则留言，但好像都不是葛城胜俊发的信息。

“还没有回音呢。”我边说边下线。

“他还没看到吧。”

“不会吧，特地把传真机放在书房的用意就是预料可能有紧急的事情要联络。早上一起来，通常一定会先看看有没有东西进来。我想他现在应该在看威胁信，思考着要怎样应付这件事才是。”我看了一下时间，刚过八点。

离开电脑前面，把剩下的吐司还有水煮蛋和蔬果汁吃完。

“我们现在先推敲一下你父亲会做些什么事。首先他会跟警方联络，以他的地位来说，一定会有一两个关系良好的警察朋友吧。警局绑架专案的侦查员会在大约一小时以后到你们家，在这期间，你父亲会打电话给公司，说因为有些私事要处理，所以先不去公司。其余的时间除非是有什么紧急的事，否则一定是紧盯着家里的电话。然后也会打电话告诉帮佣的太太说今天不用来了，并且禁止太太和另外一个女儿今天外出。嗯，差不多是这样吧。”

“那跟银行的联络呢？”

“你是说赎金的事，是吧？那还早呢。要和警方谈过以后吧。况且，他可是雄霸一方的葛城胜俊呢，要如何张罗三亿元这种小数目，他早就心里有数了，光看他的面子就会拿钱出来的银行多得是！”

我走进浴室快快冲个澡，边刮胡子边盘算今后的事。反正葛城胜俊一定会在网页上回信，而且是回复交易，这绝不会错。但是这件事不会就这样结束，他一定会先开出条件，想确认女儿的安全，等等。那么这边该怎样回应呢。

我刷完牙回到房间，树理坐在沙发上看电视，好像是新闻节目。

“你要去公司上班？”

“这么说我看起来还像个上班族啰？”

“那我要做什么才好?”

“我虽然想说你喜欢怎样都可以，但要是真的太随便了，怕会有麻烦的。首先你不能走出这个房子，这是大原则。不管是谁按对讲机都不用理，也严禁打电话和接电话。只要守住这些约定，在这里随便你做什么都可以。”

“肚子会饿!”

“有冷冻炒饭，在食品柜里有加热调理食品及罐头。对不住啦，今天先这样忍耐一下。你要喝红酒或啤酒也可以，但不要过量，不要喝醉了做出一些奇怪的事惹麻烦。”

“便利商店也不能去吧?”

“你可不可以想一想我们在做什么啊!? 又不是单纯的躲猫猫游戏!”说到这儿我竖起食指说，“更正，不是我们在做些什么，而是我们正在进行什么。游戏已经开始了，已经无法回头了。”

她应该懂得这些道理的，但她还是用想要辩解的尖锐眼神回看我。其实她的表情越是这样，反而越是令人安心。

出了公寓，跟平常一样搭地铁上班。看着映照在玻璃窗上自己的影像觉得很满意，怎么看都是个上班族，完全看不出来是个企图绑架、威胁他人的人。这世界上哪会有穿着阿玛尼西装去上班的绑架犯呢?

在我来说，犯罪不是什么大不了的事情，尤其是以金钱为目的的犯罪就跟上班工作一样。不同的只是，上班工作是想办法钻法律的漏洞，而犯罪则是必须挖空心思钻警方的漏洞。至于胁迫和交易其实是一码事，只不过和死脑筋的客户交手要轻松得多。

虽然跟树理说已经不能回头了，但我心里并不这么想。要是觉得危险，只要速速撤退就好了。要树理封口也不是什么难事，她也想要隐瞒这是个恶作剧的绑架吧。万一被识破了也没什么可怕的，她只要说是被骗才搭上这个恶作剧就可以啦。她会主张说这是我的主意吧，但又没有什么证据。其实这整件事最重要的是，被害者葛城胜俊会害怕整个真相在社会上曝光吧。

当然，我现在一点也没有要回头的意思。到今天为止，任何一项挑战我都没有失败过，这个游戏也是一样，一定要过关斩将才行。

公司就只有一些无聊的杂务等着我。那是当红少女歌手主演的电影和同名的电玩联合宣传的工作，我不认为像这样无聊的企划案有必要动用到一个大男人来做。我在开会时想着要如何拿取赎金的方式要有趣得多了。

我回到座位上后，再度上线，查看 CTP 的网页，看看葛城胜俊是不是有回复。

大概还在跟警方商量吧，我有点后悔没写上期限，这样对方就有足够的时间考虑如何应付了。

“你在看些什么啊？”背后有个声音传来。

在思索是谁的声音之前，我先把电脑上的窗口关掉，回头一看，杉本已经半弯着腰了，也就是说，在这之前他就已经在看我的电脑画面了吗？

“发现什么有趣的网站了？”他又问了一次。

“没有，只是消磨时间而已，”要是让他知道是什么网站的话就麻烦了，“我打算搜集一些偶像电影的资料。”

“啊，栗原优美主演电玩主角的电影的案子吧！”

“是啊。”

“那很辛苦啦！”

杉本脸上的表情是既同情我同时又有一种优越感。他应该想着，两个人的立场现在是完全地逆转了。

还好，他好像不知道我在看的这个网站。

“今天不是应该要跟日星开会的吗？”我问他。

“嗯，原本是应该有会要开的。但是刚刚紧急联络说取消了。”

“是日星说要取消的啊？”

“是啊，好像是说葛城先生有事吧。”

“葛城先生？”

“我想副社长不出席也没什么关系，只是这次的企划没有他也无法顺利进行就是了。”他大概发觉自己在我面前多说了些不该说的话。“那我先走了。”杉本说完就离开了。

我用食指敲着桌面。就算是葛城胜俊，收到了犯人的威胁信也会感到狼狈的吧。他现在在家里应该也是脸色青一阵红一阵的！

我中午离开公司，在附近的咖啡店吃中饭。饭后喝咖啡时，重新想着如何取得赎金的方法。

三亿元的数目，体积相当可观，就算塞到袋子里，一个也装不下吧。假设装得进去，搬运也是个大问题。

绑架犯之所以被逮到，常常是由于没有深谋远虑该如何取得赎金。然而对警方来说交赎金正是抓人的好时机。警方会预先设想许多状况，布好天罗地网。

我喝完咖啡回到办公室，公司内部的气氛有些变化，特别是一些同事的动作特别急迫，我抓了身旁的人问，到底发生了什么事。

“唉哟，这可是件大事呢，日星汽车的副社长好像要来呢。”

“葛城先生？来这里？为什么？”

他摇摇头说：

“不太清楚，刚刚突然联络的。害得负责新车活动的人慌慌张张的。”

“哦……”

我也有点混乱，到底是怎么一回事？虽说是小妾的孩子，但毕竟也是自己的女儿，如此还有心情出来办公吗？

只有一个可能，就是葛城胜俊还没有看到威胁信。只以为这个不受教的女儿要连续在外不回家罢了。

他究竟是没收到威胁信还是收到了还没看？要是后者的话，那没什么问题；要是前者，可就头痛了，因为还要去找为什么没收到的原因。

我拿起桌上的电话打回自己的公寓，想确认一下葛城家的传真机是不是有什么问题。但是响了三声之后，我忽然想起来，我不准树理接电话的。

没办法，我再次打开电脑上线，进入 CTP 车迷俱乐部网站，看一下公布栏。

就在那一瞬间，我差点哇的一声叫出来，因为看到这样的回复文章：

希望购买（Julie）

大家好，我叫 Julie。这次有人问说要不要买 CTP，我想买。不过价钱很高，筹钱需要花一点时间，我想也必须先知道契约的详细内容。

Julie 这个化名与树理不会是偶然相同的吧！而且内容是希望交易，这应该不会错。换句话说，这应该是葛城胜俊的留言。

我有点呆掉了，忽然有人拍我的肩膀。是小冢。

“社长……”

“抱歉，打断你的工作，”他压低声调，“可不可以一起来？我想你也听说了，葛城先生要来，他希望你也能够出席。”

我噘着嘴对他说：

“到今天这种地步了，为什么要我出席？我是个没啥用处的人，或者说是一个过去式的人。”

小冢神情疲惫地挥挥手说：

“不要说话那么酸。事实上是，葛城先生说了个很奇怪的事。”

“很奇怪的事？这次又是什么？”

“不确定是什么，好像想要看电玩游戏。”

“电玩游戏？”

“就是我们公司企划的电玩游戏。他要我们选出十种代表作品，就内容和开发的理由，听取我们的说明。不知道他的目的是什么，会不会想从这里找到一些新车发表企划的灵感？”

“他怎么会做这种奇怪的事？”

“我也这么想呀。不过他说想要看啊，总不能不给他看吧？”

“那为什么要叫我？”

“他选的电玩里有一个是你企划的，要是要求说明的话，要有所回应啊。”

“是这样啊。”

算了算了，我叹了一口气，从椅子上站起来。

这就是葛城胜俊，不知道他要做什么。网站公布栏上的留言，可以确定他读了威胁信。哪有这种女儿被绑架还能以平常心出来办公的父亲？还是说，对于威胁信他根本不当一回事。虽然依照指示响应了，但也只认为是恶作剧？还是他认为，这样的事就可以让他惊惶失措的话那就太可笑了！

不，很难这样解释。树理不见了是事实，而且本人一直没跟他联络，很自然会认为是被绑架了。

说不定这是警方的指示。警方的代表这样跟葛城胜俊说：葛城先生，先冷静下来吧，罪犯不会就这么轻易对树理小姐动手，再怎么说也是个重要的人质。一旦慌张被媒体发现了的话反而糟糕。所以，葛城先生，您还是跟平常的作息一样，跟平常一样上班，跟平常一样工作，要是有什么动静马上联络我们。夫人在家就可以了，其他的交给我们就行了，反正罪犯也不使用电话——应该是这种状况吧。

只是，我在意的是他要来公司听取电玩企划说明的这件事，这是为了什么？会不会是察觉到罪犯是公司里的人？这是不太可能的事。

在来宾接待室边等待边东想西想的时候，随着敲门的声音，门被打开了，开门的是接待小姐，在她身后随即出现了葛城胜俊的身影。

葛城胜俊跷着脚坐在单人沙发上，听着由赛博企划员工们所做的说明。他的面前摆着一台液晶屏幕电脑，画面上呈现着各个电玩的说明和市场上的目标。这些当然都不是急就章的东西，而是开发提案时所用的说明资料。在电脑的旁边则放着一台接游戏机的小电视，实际地显示出已经商品化的游戏种类。电玩机的控制器也放在葛城胜俊的面前，但看不出他有伸手要去碰的意思。

我边等着上场边窥视他的表情。他一副不太有兴趣地看着电玩，但提出的问题却很实质而且尖锐：是以什么意图做出这个游戏，为什么认为会有市场，会不会对自己的感觉产生质疑——提出很多这类问题。其中也有回答得不知所云的人。光看这个样子，实在无法想象葛城胜俊是要借此认出绑架她女儿的人。

总算轮到我上场了。我所要介绍的是名为《青春面具》的电玩游戏。

其实这是个人生游戏。玩游戏的人和某个人物的诞生相关，但是由什么样的双亲所生，则是由电脑决定，玩游戏的人最初可以选择的是从父母亲那里得到什么样的遗传因子，决定生为男生还是生为女生。出生以后虽然从幼儿园、小学、中学一直往上升学，但在这期间要读什么书，和哪些朋友玩，如何分配时间等等都必须做选择。如果因为考虑到将来的出路只一味地读书的话，可能就会落入某个陷阱。这个游戏最大的卖点就是，所选择的角色面貌，会依照人生经验而有微妙变化。

“有一种叫面相学的东西，”我向葛城胜俊解释，“这个想法是：面相是人所处的环境，还有其所经历的一种表现。譬如说，将某种特定职业人物的脸搜集在电脑中平均化后，就会得到那种职业才会有的面相。政治家的脸、银行员的脸、色情行业的人的脸等，这些都是确实存在的。但是并不会依面相来决定命运，而是依所走的人生路来决定面相。这个游戏有趣的地方之一，就是累积人生各式各样的经验之后，会得到怎样的一张脸。”

“问题不在于脸吧？”葛城胜俊开口了，“听你所说的，结果就是一张脸。我想人并不是为了一张脸而活的吧？”

“诚如您所说的，所以才做了之前的说明，这只是其中有趣的点之一。人并不是为了一张脸而活——正是如此。但是对于人生来说脸却是很重要的。在各个阶段里，脸都会影响这个人的命运。譬如面试的时候，或是相亲的时候。想要进入演艺圈的女孩子里，在十几岁时接受整形手术的人不在少数。在这个游戏里，在人生经验累积的过程中所形成的脸，也必须接受几个阶段的挑战。不与人交际，只知道读书过一生的人的脸会显得神情异常，而这样的脸给人的第一印象并不好，所以在面试或相亲的场合就不会有好的结果。自己要对自己的面相负责——这是自古以来就有的说法。”

“这样的话，若是游戏玩家因错误的选择而无法得到所期望的脸，最后就只能得到挫折感而已吗？”

“真实的人生不也是如此吗？但这是个游戏，在这种时候，有个秘密武器，那就是面具！玩游戏的人在紧要关头，可以用预备好的面具给主角戴上。这个面具是在某个时间点的一个复制，玩家可以将复制的脸做某种程度的变化，不爱笑的脸，可以把它变成爱笑的脸。只是使用这个面具的次数会受到限制，不是可以一直戴上的。结果是玩家必须为主角的脸不断地努力。这个游戏的终极目的是要抓住幸福！为了得到幸福，需要什么样的面具，玩游戏的人必须持续不断地摸索下去。”

我的话或许说得有些长，但还是无法知道葛城胜俊到底听进了多少，这让我有些不安。或者说现在这种状况，不管我说什么他都没有用心听也不一定。

“虽然我不知道会不会大卖，”葛城胜俊发言了，“不过，这倒是个发人深省的主意。经验造就面相，然后这个面相决定命运，在某种意义上来说，说不定还是真实的呢。”

“不敢、不敢。”

“但是在重要场合戴上面具会如何呢？对苦于人际关系的年轻人来说，或许是个方便的道具。只要是人，任谁都会有遭受挫折的时候，说是必要也是可以的啦。”

“但这只是个游戏。”

“就算是个游戏好了，但是让玩家承认自己能力不足也是很重要的事，”葛城胜俊说这话时，整个人坐进沙发，双手交握放在膝盖上，然后向上看着我说，“我要问你一个问题。”

“请说。”

“你对你自己的脸负责吗？”

我顿时无法回答，因为我不知道他问这个问题的用意何在。

“我想我是负责的。”

“这样的话，对你来说，为了得到幸福的面具，正是你现在这张脸？”

“嗯……您觉得呢？”我露出应酬的笑脸。

葛城胜俊频频看着我的脸之后，将视线转向小冢说：

“谢谢，请下一位！”

回到公寓时，树理好像在厨房做什么。从味道来判断，她大概是在煮什么东西。

“还有做奶油浓汤的材料啊？”我站在厨房门口问她。

树理穿着我的衬衫和毛衣，还用我的T恤绑在腰上当围裙，以这一身装扮搅动锅里的东西。

“冰箱里还有好几种鱼，蔬菜好像快烂了，不过还可以用。”

我才想到这些原本是买来要做焗饭的。

“你没有和人碰面，没接电话吧？”

“才没呢！我还想不要让别人知道有人在，连电视的声音都开得小小的，走路也注意不出声。白天电话响了，不过，没接。”

应该是我打的吧。总之树理的警觉性好像没有降低。

她注意着瓦斯炉火的大小，煮浓汤的大锅子至今我用了还没超过两次。

“没想到你还很会煮东西呢！”

“才不会呢，只是因为无聊。你肚子饿了吗？”

“我吃饱了，帮你带了这个回来。”我拿起纸袋给她看。

“里面是什么？”

“便当。”

她看着纸袋里的东西，睁大了眼睛说：

“‘安万’的便当！好棒哦！这家店的料理长偶尔还会上电视呢。那我吃这个好了。”

“浓汤怎么办？”

“随便。”树理走到锅子前把火关了。

等我回卧室换好衣服回到客厅，她已经开始吃起便当了，一边一口一口地用心品尝，一边一个一个解释，我则喝着罐装啤酒听她说话。

“对了，今天我可见到你爸爸了。”

她停下筷子：“在哪里？”

“他到我们公司来了。女儿都被绑架了，真不知道他在想些什么。我想，恐怕是警方的指示吧，要故作镇静的话，最好一直待在自己的公司就好了。”

“我的事他才不管呢。”

她又开始吃她的晚饭了。

“先不去管他真正的想法，不过他应该知道这是件麻烦事，因为他看到威胁信，已经有回应了。”

“真的？已经在网站上回复了吗？”

我打开电脑上线，进入网站。

“哦！回应的留言增加啰！”

除了白天看到的留言外，还有其他新的回复在上面。

想要确认品质（Julie）

我是新加入的Julie。有人打算要让出新的CTP，但我还是想亲眼看一看东西。想要确定有没有伤痕，也想听听引擎的声音。付钱一事，至少要等这些确定过之后吧。我是这么想的，大家是不是也这么认为？

树理吃着吃着又停了下来，她看着画面。我对着她的侧脸说："嗯……你认为呢，树理小姐？"

"结果是……"

"先要确认你没事，然后再谈交易——就这个意思。"

"你怎么打算？"

"这个嘛，要怎么办呢？"我在沙发上坐下来，伸直两腿，喝着啤酒。树理则看着我。

敌方这样说，主要有两个理由：一个是确定人质真的没事，另一个则是要让罪犯露出马脚。敌方，也就是警方，最期待的应该是希望罪犯打电话来，然后要树理听电话，在反侦测的同时，看可不可以得到什么样的情报。现在葛城家的电话应该是装了电话录音还有其他有的没的一大堆机器，刑警们也一手拿着耳机等待着吧。

这是有关绑架的小说和电影里一定会出现的镜头。一旦家属要求确认人质的安全，罪犯就得绞尽脑汁思考怎样才能妨碍警方的侦查。这可以说是警方和犯人第一次的短兵相接。有些绑匪甚至会利用电视的现场转播来出示人质。

想想这是很奇怪的事，照理说，罪犯没道理答应家属的要求，罪犯只要单方面提要求就可以了。要是停止交涉的话，损失的是受害者，同理，这次的案子我也只要无视于这些要求就可以。人质的安全在付了钱之后还是可以确认的，为什么，因为人质将会毫发无伤地释放——我想就这样写回复信。公布栏上的“Julie”也附带写上了电子信箱地址。对方当然是考虑到我这边会使用电子邮件回复的吧。

“不能打电话吧？！”树理说。

“会没命的。”

“我想也是。”

“你想打电话吗？”

她摇摇头说：“才没呢！”

“这个时刻，除非是笨过头的人，否则才不会做这样的事。只是，我也想过，要是做了这样白痴的事的话，应该会很有趣。”

“很有趣的意思是……”

“因为这是个游戏啊，不有趣的话就无法开始。但是，没有道理只是单纯地打电话。”

要是打电话的话，就得要有什么好处才行。我所要的好处是搅乱侦查，那么要怎么做呢？

我正这么想的时候，“喂……”树理微微地动了双唇。

“什么事？”

“说到电话，我想到了一件事，我……可能做了一件不该做的事。”

树理难得用如此客气软弱的语气说话，我有个预兆，觉得大事不妙。我自觉自己的眼神一变，锐利地盯着她。

“昨天，你问过我的，在离家出走后有没有跟谁打过电话？”

“啊！喂！怎可能……你没说出去吧？！”我不禁站了起来。

“我没说啦。不过……打了电话。”

“这是怎么一回事？”

“有个叫做由纪的朋友。原想先到她住的地方，于是打了电话过去。不要那样看我嘛，那时候，想都没想到事情会演变成这样啊！”

“算了，你继续说。”我开始头痛了。年轻女孩总是这样！

“不过她不在。后来才想到由纪在这个月去了美国，所以电话没人接，只有答录机里的声音。”

“你该不会在答录机里留话了吧？”

对于我的质问，树理一脸怄气地向下看。我开始挠头。

“你到底留了什么话在里头？！”

“我是树理，忘了你去美国了还打电话。”

“然后呢？”

“只有这样，就马上挂断了。”

我重新在沙发上坐好，皱着眉，尽情地伸了个懒腰。

“为什么到现在这个时候才……”

“我什么都没有说，所以直到刚刚还忘得一干二净。”

“你知不知道，答录机会确确实实把时间记录下来。那个叫由纪的从美国回来的话，就会知道绑架的时间点，说不定她还会详细调查，因为朋友被绑架了！还有，那个留言被听到了会怎样？被绑架了还能那样悠哉地打电话？不会引起他人的怀疑吗？”

“我想应该没关系的，她是个温吞的人，不会注意到时间上的矛盾的。”

她话说到一半，我开始摇头。

“我想要完美地把这个游戏玩到结束。什么没关系的啦，像这样暧昧含糊的说法，你觉得有可能玩得下去吗？”

“那到底要怎么样！”树理生气地说。

我用双手的食指揉眼睛，轻轻地叹了口气说：

“我决定了，计划中止，游戏就玩到这里。”

“怎么这样……”

“没办法呀！万一由纪发现时间上的矛盾点，要是跟谁谈到这件事的话，你想会变成什么样子？要是这位热心的人还跑去跟警方说呢？之后警方发现这不过是恶作剧绑架，然后跑去质问你呢？那就玩完了！”

“我绝对不会说的，死都不会说的！”树理断然说道。大概是想表示她的决心，说完嘴巴抿成一直线。

“警方的调查没你想象的那么简单。说来我也不是那么清楚，但绝对不是像你这种固执小女生能应付的。”

小女生被骂过后心里不痛快，板着一张脸。我也没那个力气跟她耗，一口气喝光啤酒，一手捏扁罐子。

既然计划要中止了，为了自身的考虑还是让树理早点回去比较好，但就这样让她回去也不行，因为威胁信已经发出去了，警方也开始有动作了。我必须编个故事来说明我被树理唆使，跟着玩起这个恶作剧才行。问题在于要如何说服树理？

“喂，我有个提议。”

“在听你说之前，我想先说我的提议。”

“我不要听中止游戏的话！”

我只好抬头看着天花板，就像外国电影里常有的镜头一样，举双手投降了！

“我想去把它消掉！”她完全无视于我的动作。

“消掉？什么东西？”

“答录机里的留言。消掉留言的话就不会有问题了吧。”

“要怎样消掉？那是别人的电话啊。”

“她说她在美国的这一段时间，我可以随时用她的房子，我知道钥匙藏在哪里。”

“由纪的房子在哪里？”

“横须贺。”

“横须贺？干吗偏偏选在那么远的地方？”

“开车差不多只要一小时就到了，快去快回不就好了。”

“你说得真是容易哦。主人不在，可疑的男女进了房子，被管理员或附近的人看到了，不用说一定会起疑的。”

“谁会那么蠢。你不进去会比较好，因为那是女性专用的公寓。你在横须贺港看船等着就好啦。”

“当我是蠢蛋啊！”我不屑地一笑，同时脑海里浮现出我曾几何时也去过几次的横须贺街景。

我忽然灵光一闪。

住在都市里几乎都用不上车子。和女性约会也难得开车，因为吃饭要忍着不喝酒，又老是在塞车的车阵大排长龙一点也不有趣。而且我的车是敞篷车，将车篷收起来才能显出这辆车的味道。

若要悄悄地往返横须贺的话，那就不能搭计程车。我让树理坐在驾驶座旁，将车子开出停车场，当然是架着车篷的。出了东京，就某种程度而言空气也比较干净，但今晚绝对不想打开车篷。

“你喜欢这样的车子吗？”一开出去没多久树理问道。

“这样的车子？”

“两人座的跑车。”

“不行吗？”

“不是不行啦。”

“因为没有三人乘坐的必要啊。我也没兴趣和男孩子开车兜风，一起坐车的女人一个就够了。”

“那东西的话要放哪儿？”

“你座位后面有足以放旅行袋的空间。”

“但总有要放很多东西的时候吧？”

“这车买的是它的移动性能。”

对于这个问题树理不再说什么了。她好像耸了一下肩膀，我并没有看得很清楚。

“可以听CD吗？”

“喜欢的话，请！”

对于播放的音乐，她的反应完全在我的预料之中。“这是什么？没听过。”

“爵士钢琴手编曲演奏的巴赫的音乐。”

“哦……”她很明显不太满意的样子，但并没有关掉。

这辆车是没有离合器的，我握着发出银色光的握杆，换挡加速。

从箱崎上首都高速公路，就如树理所说的，约一小时后从横须贺道路下，出横须贺交流道，开上本町山中道路，才几分钟的时间就到汐入车站前了。

“把车停到那边的餐厅停车场吧。”

照着树理的指示，我把车开进停车场。

“你在这边等一下，我自己一个人去。”

“离这里近吗？”

“走的话有一点远吧。不过像你这种醒目的车，停在公寓附近的话有危险的。”

她说得没错。我告诉她我的手机号码，万一有什么事的话打电话联络，然后目送她离开。她越过宽阔的国道，消失在小巷弄里。

我在餐厅喝着不怎么好喝的咖啡，一边想着之后的事情。树理在朋友的答录机里留言是个败笔。但是可以顺利消除的话，继续进行计划应该就没问题了。

最大的问题在于如何拿到赎金。三亿元，体积和重量都不是普通的大和重，要运走得要有车。但是车子容易被跟踪，再说我也不想用拿着现金逃跑的原始方式。

把三亿元换成有价的什么东西，拿到东西后再换回现金？譬如，可以叫他准备价值三亿的钻石，这样要搬运也方便。但是换现金时怕引起怀疑，所以一颗钻石的价值必须在一百万元以下。百万元的钻石三百颗……

我摇摇头。一两颗钻石要换成现金还有可能，但三百颗可就有问题了。一家珠宝店卖两颗，那也必须找一百五十家，而且这些店家的联系又紧密，有个奇怪男人卖来源不明的钻石的谣言，一瞬间就会传遍所有业者，不用五家大概就会被埋伏的警员盯上了。

用银行汇款的方式。这当然需要一个人头账户，而且不难，在网络上就有贩卖人头账户的业者。但问题在于要如何领出这些钱。无法到银行柜台领，只能从自动柜员机提领，但一天可以提领的金额有限，要领三亿元，就算使用数个户头，也要花上好几天。警方也会要求银行协助，盯住这些户头的动向，在使用数十次的提款卡领钱时，可能就被警网包围了，况且有监视录影带留下证据也是个麻烦。

我大约想到这里的时候，突然结账柜台的电话响起，穿着制服的年轻服务生接起电话。

服务生一脸惊讶的表情，拿着无线电话跑到外面，一下子便回来，急急忙忙地消失在柜台后面。

过了一会儿，像是店长的胖胖男人和刚才的服务生走了出来，也是火速地跑到外面，再回来时两个人明显都是一脸困惑的表情。

两个人似乎在讨论什么事，然后分别走近各桌的客人，对着客人说些什么。然后年轻的服务生走到我这边来了。

“嗯……请问……”他战战兢兢地说着。

“什么事？”

“请问您今天是开车来的吗？”

“是啊。”

“是什么样的车呢？”

“是 MR-S。”

“M……R……”

他好像听不懂的样子。

“深蓝色的跑车，有车篷的。”

服务生脸色一变。“嗯……车牌是品川号码？”

“是的，”我有一种不祥的预感，准备站起来，“发生什么事了吗？”

“您的车……被恶作剧喷漆了。”

我没听他说完便跑出去。

到外面看到了车，我一脸错愕。只见一个车头大灯被喷成红色的了，我只能瞠目结舌。“哪个王八蛋……”

我呆呆地站在车子前面，看着像是眼球充血的车灯，服务生拿着东西跑过来说：“这个，我先拿这个过来，或许……”

是挥发油和毛巾。我也懒得说谢谢了，接过之后，把挥发油倒到毛巾上，开始擦拭车灯。刚喷上的吧，玻璃的部分很容易就擦掉了，但是板金的部分我也提不起劲来用力擦，还好车体被喷到的部分很小。

“嗯，是这样的……”不知道是什么时候，那个好像是店长的胖胖男人站在我后面说，“本店不负责停在这个停车场的车子所遇到的麻烦。”

“我知道，我并没有要求赔偿的意思，”我把挥发油和毛巾还给他说，“谢谢你们。”

“要报警吗？”服务生问我。

“算了，我不想把事情闹大，”要是报警的话就麻烦了，“好了，你们也都进去吧。”我本能地回头看了四周，没道理喷漆的人还在附近吧。

“截至目前为止本店还没发生过这种事呢。”胖男人用解释的口吻说，我什么话也没回答。

回到餐厅里，悠闲喝咖啡的情绪也没了，我付了钱走到外面，坐到车子里等树理，但是一看到油漆痕迹就心烦。这部车还跟新车一样，但对它的不舍已经淡了。

之后过了十分钟，树理回来了。她好像要走进餐厅，我按了一下喇叭好让她知道。

她坐进车子时我告诉她车子被喷漆的事，她露出惊讶的表情后，特地下车看了一下被损害的状况。

“真是糟糕，是不是飙车族干的啊。”她再次坐进驾驶座旁的位子后说。

“最近这个族类已经不做这种坏事了吧，大概是附近的中小学生恶作剧的吧。”

“说不定吧。”

“对了，你那边的事情办得怎么样了？顺利吗？”

“那个啊，完全没问题，”树理做了一个OK的手势，“藏钥匙的地方没有变，要进去很容易。答录机里的录音也顺利消去了。”

“没有被其他人看到吧？”

“你觉得我会犯那样的错误吗？”

“嗯……不知道。到刚刚都还忘记自己在答录机留言这件事，我认为这可是个大失误呢。”

“不过终究还是想到啦，而且也已经擦完屁股了啊！”

“是啊，还特地跑到横须贺来。”我伸手发动引擎。

出了停车场后，并没有循着回家的路走，而是开往反方向。

“你要去哪儿？”

“你就闭嘴吧，包在我身上就是了。”

我之前来过横须贺，凭着当初的印象开车。只要走过一次我大概可以记得八成左右，这也是我自豪的一点。

避开车多的国道，走小路向山区开去，民家越来越少，渐渐接近森林。总算看到斜前方淡绿色灯光照射的建筑物，那里有停车场的标志，我把车速放慢下来。

“你想要做什么？”声音有点尖锐。

“叫你闭嘴。”

“这怎么叫我闭嘴？我可是没听说要到这种地方来。”

我不理树理，把车停在路旁，拉起手刹，然后熄火。

“嗯，走吧。”

“去哪儿？”

“这是很清楚的事啦，去那栋美丽的建筑物里呀。”

但是树理连安全带都没有要解开的意思，身体向前一动也不动，表情也很僵硬。我则低声地笑了出来。

“真是奇怪了，你到目前为止，一直在我住的地方与我单独相处，那样你都不在意了，跟我进宾馆你会有所抗拒?”

“但是这种……”

“这是为了那种目的的地方，所以……嗯?”

树理无法回答，我又大声笑了一回。

“你不要误解哦，有件重要的事要办呢，所以需要一个房间。”

“什么事?”

“当然是我们玩游戏的一环。如果只是为了把录音消掉，你觉得我会这样大老远跑一趟?”

树理的脸色稍稍缓和下来，这也显示出她了解了，不过仍然有些惊讶。

“要是这样，为什么不把车停进停车场?”

“这个宾馆的停车场装有监视摄影机，会记录到车牌号码的。考虑一下现在要做的事情，那就不能让我的车子留下任何记录。”

“是的，”她暧昧地点点头看着我说，“你很清楚这里的事嘛!”

“之前做过这家宾馆的咨询顾问。”

我们并肩而行，边留意摄影机边走进宾馆。我们拿到的房间，内装是单一色调素雅的设计。一进到房间做的第一件事是：打开窗户看看。原以为只是进到山里头，却意外看得到海，而且偶尔还听得到汽笛声。

“你打算要在这里做什么？”

“你马上就会知道的。你就先在这漂亮的沙发上坐下来等着吧。”

但是树理并不坐沙发上，反而坐在盖着床罩的床上，很有兴趣地看着室内的装潢。不知道她是第一次来这种地方，还是和以前去过的地方做比较，这一点我就无法判断了。

我在沙发上坐了下来，拿出自己的记事本，然后拿起房间里的笔，开始写一篇文章。

“你在写什么？”

“叫你等一下的。”

她躺在床上弹了一下，像是要确认一下床的触感，然后她拿起桌上的遥控器，打开电视，不断地转换电视频道。

看到成人影片，树理急急忙忙将电视关掉，看到她那个模样我只能忍住不笑。

“真意外，还蛮纯真的嘛。”

“只是关掉不堪入目的节目罢了，你想看的话就开给你看啊。”

“不用了，谢谢。我现在可是在做重要的事情。”

“哦！”树理一下子跷脚一下子又放下来，“男人真是变态，看那种东西有什么好高兴的？”

“女人也有喜欢看这种东西的啊。”

“但没有像男人那样，尤其大叔最白痴，已经没什么零用钱了，但是援交一出手就是几万元，只能说是脑子坏掉了。被女孩子玩弄了还不知道吗？”

“玩弄？还用了蛮难的字眼嘛。”我停下手来，抬起头说，“你真的这么想？那些大叔是白痴？被小女生利用？”

“不是吗？”

“听着吧，大叔都是活在竞争激烈的社会，一万元的价值可比谁都清楚。会付那样的价钱，是因为他们认为有那样的价值。”

“所以啊，我说……”

“所以你想说的是为了性而付钱是件白痴的事？才不是这样。女高中生，在很久以前可是要付上几十万元也不见得可以玩得到的，而现在只要花个几万元就可以到手，那简直就是大减价大甩卖，不抢购的人才奇怪呢，那些大叔应该是这么想的。其实那些小女生才是白痴呢，原本值几十万或上百万的，用个尾数就卖了，她们大甩卖的不只是她们的身体，连自己灵魂的价值都大崩盘了。”

“她们可不会连心都出卖的，她们说这只是卖身的生意而已。”

“那只是她们说给自己听的，不这样讲的话，那些大叔是不会开心的，不过这又怎样？这样说就可以让那些大叔有所行动吗？那些大叔一边抱着那些女孩一边这样想：其实这女孩子是死都讨厌跟我做的，但也没什么关系，我该付的都付了就好啦——也就是说，那些大叔付了钱就有无视于她们内心的权力。这样的话，为什么不能说是灵魂的大崩盘呢？”

不知道是像机关枪一样说得太快，还是她没听懂这些话的意义，树理低着头没说半句话。我叹了口气说：

“在这世界上有些东西比钱有价值。我认为那是：人心和时间。钱是无法打动人心的，而且失去的时间也无法用钱买回来。所以，要是能用这两个东西来成就些什么的话，我是会不惜成本的，”我从笔记本撕下一页递给她，“聊天就聊到这里吧，继续我们的作战，就像刚刚讲的，时间比金钱还要贵重呢。”

“这是什么？”

“读了就知道啊。”

树理看完纸上的内容，慢慢抬起头来，双颊有点僵地说：

“从这里打电话？要我打？”

“是啊，因为对方希望先确认你没事，若是由你本人直接打电话的话，他们应该会很满意的。”

“那为什么要特地跑到这里？”

“有两个理由，一个是考虑到有反侦查的情况，还有一个是那个汽笛声。我不清楚对方是不是装了某种等级的录音设备，要是能录到汽笛声的话最好，警方会去分析那是什么声音。要知道是汽笛的话，他们应该就会推测犯人隐匿的场所是靠近海边的。说不定从汽笛声还可以找出是横须贺军港呢。”

“意思是说要误导侦查啰？”

“就是这个意思。”

我拿起床边的电话按了几个号码，不一会儿手机响了，然后看一下手机的屏幕，再挂断宾馆的电话。

“你在做什么？”

“确认一下宾馆的电话号码是否会显示出来。不过没关系，你就这样打就可以了。”我把电话递给树理。

她双手交叉胸前并看着电话，润了一下嘴唇才说：

“接电话的不一定是我爸爸。”

“我想一定会是你爸爸。要是别人接，就马上说请葛城先生听。若是这种状况的话，也只能等十秒钟，并且要告诉对方只要过了十秒你就会挂电话。”

“可是我想爸爸一定会问我许多问题的。”

“是吧。但没有多余的时间多说什么，就告诉他说没时间回答问题，你只要照着纸上写的念就好了。”

“我知道了，”她慢慢地闭上眼睛说，“打打看了。”然后睁开双眼。

我指了一下电话。我看着树理咽了一口口水，然后深呼吸，才伸手拿起电话。

树理颤抖着手指按下电话号码。我的心跳也开始加速，不知道有没有没注意到的地方，我一而再，再而三地自我确认。

电话铃的响声从树理的耳朵旁传出来，响了三声，接着电话似乎接通了。有人出声，但无法判断是不是葛城胜俊的声音。

“啊！爸，是我啦！知道吧，我是树理啦。”她边看着我写的纸条边说。

对方很激动地滔滔不绝地说着，连我也听得到声音。树理显得一脸困惑，吸了一口气说：

“对不起啦，没有时间慢慢说了，你知道的，我不是一个人……你这样问我也没办法回答呀。反正你先听我说，没时间了。”

我紧盯着时钟的针跑，已经过了十五秒了。

“我没事的，请放心，拿到钱以后会放我回去的。这些人在旁边……啊，对不起，时间到了。”

我的手指就放在切断键上，心想再两秒钟就切断的那一瞬间，远处的汽笛声响起，之后我立刻切断电话。

“完成了！”我握拳挥了一下，站了起来，关上窗户，回过头来看着树理说：“幸运是站在我们这边的，汽笛声响的时间点刚刚好。”

但是树理的样子有些奇怪，缩着背好像很冷的样子。

“怎么啦?”我在她旁边坐下，她的身体微微颤抖。

我正想问她要不要紧的时候，她忽然紧抱着我。

“终于做了，无法回头了!”

树理的脸颊靠在我的胸前轻声地说着。

“你害怕了吗?”

树理无法回答，一直维持同样的姿势，连她身体微微的颤抖都传到我手臂上了。

“那是一定的，”我说，“我们所做的不是一般的事，是普通人没有办法做的事，所以换得的成果也应该是不会小的。”

树理轻轻地点头，抬起脸看着我，那眼睛微微泛着泪光。

一股没预期的感情从我内心涌出，说是冲动也可以。我自己没注意到的一些东西，正确地说，应该是注意到了而努力去回避的东西在我的心中摇荡着。

我的双臂将她抱得更紧了，她似乎吓了一跳地看着我。

各式各样的思绪在我脑中交错，其中也有不少是我自己对自己状况的解释。在这里抱这个女孩的话也不会有什么大影响吧，当然是会加深两个人的关系，让计划往好的方向进行。我的脑子冒出了这样的念头。

但是我放松了双臂的力量，她离开了我的怀抱。我想做的不是这样的事情，我现在所做的是我这一生最具挑战的游戏!

“总之先离开这里。我想应该不会被反侦查到，但是待久了也没有什么好处。”

树理沉默地点点头。

回到车上，发动引擎，正要出发时，树理说：“等一下!”我踩下刹车。

“我有个请求……”

“是什么?”

“我想去这附近的一个地方。”

“又有什么事吗?”

“不是这样的，是去一个我喜欢的地方。以前，是我死去的母亲曾经带我去过的一个地方，可以让我心情平静……拜托啦。”

树理对着我双手合掌，我有点吃惊，我没想到这个小妮子会有这样的浪漫神经!

“有点远吧?”

“我想不会吧。”

“我只是想要早早离开这个地方。”

“那没问题。但也不是那么近的地方，我是说有车的话不会很远的意思。”

“哦!”我的脚离开刹车踏板，慢慢地移动车子，“你知道路吧？”

“嗯，大概吧。”

我只能叹一口气了：“好吧，只好靠导航系统了。”

“知道了，那先回到原来的路上。”

“OK。”我踩下油门，将方向盘大大地转了个圈。

照着树理的指示，持续在国道上跑，然后沿着海岸道路出去。左边是海，右边是绵延不绝的小山丘，过了一会儿树理说往右转，打过方向盘，道路的坡度变得很陡峭。

“会爬得很高哦，这边没错吗？”

“没错。”树理用很有自信的语调说。

越往前走民家越少，四周高起的遮蔽物也渐渐没了，简直就像看得到地平线一样。好像爬完坡道了，平坦的路向前延伸。

“在这附近停车吧。”

她说完我就踩了刹车，四周一片漆黑。前后都没有来车，我将车靠在路边停了下来。

“喂，”树理看着我说，“这个，可以打开吗？”她指了指车顶。

“在这种地方打开？”

“就是在这种地方才要打开啊。”

我稍微犹豫了一下，最后按下了收起顶篷的按钮。顶篷无声地收到后面去。微凉的风吹上了脸颊，风中还夹着青草和泥土的味道。

“嘿，好漂亮！”树理看着上面用食指指着。

“哇！”我发出白痴一样的声音叫了出来，是那么漂亮的夜空！无限宽广，在一望无垠的漆黑里，排列着无数的光源，这个配置简直完美无缺，光是一直看着，就感觉好像要被吸过去似的。

“虽然是句老套的话……”

才说到这儿，树理一语中的地说：

“随便你用什么形容词，就是千万不要说像星象仪一样！”

我就这么仰着头苦笑了出来，真的不要用那样的形容比较好。

“我对星象几乎一无所知，对于这点倒是有点遗憾。”

“我也只是知道猎户星座而已。但是，那又有什么关系。”她伸展双手，做了个深呼吸说：“真的是好舒服！好像不在日本。”

我重新审视了一下四周，山丘和山谷在黑暗中沉浮，在眼前延展开来的是一片不知名作物的耕种地。

“海在哪一边啊？”其实我并不是特别想知道海在哪里，但还是问出了口。

“这边这边，还有这边也是海呀！”树理指了三个方向之后说，“因为这里是三浦半岛的最前端啊。”

我点点头。开车来到这里的感觉正如她所说的一样。

“那……有没有稍微平静些了？”

“嗯，谢谢你！”树理笑了一下才看着我，然后眼睛眨了两下说道，“可以问问题吗？”

“这次又是什么？”

“刚刚……你不是要抱我的吗？”

我顿时停止呼吸，避开她的眼睛，我慢慢地说了出来：

“是你抱了我吧？”

“我不是那个意思……”她停了一会儿才说，“不是那个意思，你是知道的吧？”

我没有回答。右手放在方向盘上，动了一下手指头。

“为什么不继续了呢？在那里待久了会有危险，还是说有时间的话你就会做？”她耳语般问我，我想都没想到的问题。

“那我也问你，”我再次把脸对着她，嘴角扬起微笑说，“那你为什么抱我？跟家里打过电话之后感到害怕了，不过，我跟你就只是共犯关系而已吧！”

树理先是低了一下头，然后又翻翻白眼对我说：

“因为我想要相信你。在事情变成这样以后，我想我能依靠的人就只有你了。”

她的眼神里透露出的真挚让我困惑了。刚才在宾馆才压抑住的坏念头，又在心里扩散开来。

“斯德哥尔摩症候群。”我说。

啊？她微张双唇一副想要问的样子，这也是她从未表现出来的幼稚纯真的表情。

“恐怖分子和人质相处时间久了之后，两者之间会产生一种连带情感，因为双方都希望事情能尽快解决。这种心理现象好像就是这样说的，007 的电影里是这么说的。”

“我不是人质，你也不是恐怖分子啊。”

“一样的，在异常状态下被隔离，尽管是恶作剧，但希望人质和赎金的交换能顺利进行的这一点，和恐怖分子与人质是相同的。”

树理摇摇头说：“有完全不一样的地方。”

“是什么？”

“人质和恐怖分子间萌生的连带感情是没有必要的吧，也可以说是不自然的。但我们的状况并不是这样子的呀。”

我舔了一下嘴唇，然后轻轻地点头说：“连带感确实是必要的。”

“是吧？所以会想要确认一下，我和你之间的连带感。”

树理的眼睛捕捉住我，让我的视线无法移开。我开始觉得自己要踩住刹车是件麻烦的事，我接着想，踩刹车已经是件无意义的事了。

左手捧过她的脸，唇与唇相接。在吻之前还确认了她是闭起眼睛的。

这也不过是个流程吧。接吻的时候就会想把舌头伸进去，女人要是没有抵抗，接着就想摸胸部，这样持续下去的话，就会想要把手伸进内裤。

我心想换个地方吧，但没有机会可说。要是那样说了，又怕她的兴致没了。我贪恋着她的唇，结果就成了斯德哥尔摩症候群了。打电话回家和爸爸说了话，是不是对她的心理造成了冲击？这件事对她来说，一定有不安的感觉，所以是需要眼前这个男人的，若不这样的话，就无法一个人自处了吧。

那我自己又是怎么回事呢？我爱这个小女生吗？哪有可能？不会有这种白痴的事！我对树理有所关心，也不是缘于这样的动机，会在一起完全是其他原因所造成的。因为对方是个年轻女性，自然会有情愫产生。只是，我知道这样的要求是个愚蠢的行为，这也是为什么到现在我都没有表现出这样的态度，而且打算直到最后都不表现出来。

只是自然而然地走到这种地步，说不开心也是假的。我和她一样也想求得一种心安。要完成像这样大的一场游戏，绝对的信任感是必要的，男女之间要确认这一点时，或许肉体关系是不可缺的。说重一点是种错觉，是一时的愤怒，是爱情假象都无所谓了，斯德哥尔摩症候群本来就是这样的东西吧。

树理拿出保险套时，我颇为吃惊，大概是刚刚从宾馆顺手带出来的，所以可以说是她有这样的预期吧。或许她出现了这样的想法：想要加深彼此的连带感，必须有肉体的关系。这对她来说或许是种标准做法也不一定。

在这狭窄的车里，我们身体与身体相互结合，彼此刺激着对方。在我看来，树理似乎很习惯于此，而且很懂得如何在其中得到欢愉。

做完后，树理说要丢垃圾然后下车，但并没有马上回到车上，我也穿上裤子打开车门。

她站在离车稍远的地方，我在背后问她："你在干吗？"

"啊，没什么，只是看看风景。"

我也朝向她看的地方，可以微微地看见海洋。

将视线拉回来时，有个东西映入眼帘，我噗嗤一声笑了出来。

"怎么啦？"

"你看，在这种地方居然有地藏王石像！"

她回过头来，像是在确认一样：

"真的，都没注意到。"

"刚刚说过一点都不像是在日本。"

“是的,”树理的眼神柔和了许多，然后拉起我的手抱住她说，“有点冷了，我们回去吧。”

“好。”我点点头，又吻了她一次。

回到公寓已经将近凌晨三点了。一个晚上往返横须贺，让树理打了电话，还在车子里做爱，身体还真的有点累，但不可思议的是一点也不困。还好明天是星期六。汽车公园企划案在进行的时候，一点休假也没有，但现在就算我到公司也没有什么事可做。

打开电脑，看一下CTP网站。正如所料，公布栏里有新的留言：

质量确认完成（Julie）

真是对不起，我是新参加的Julie。

疯车先生，非常谢谢您宝贵的建议。

就在刚刚我确认过了。怎么看CTP都没有什么问题。

接下来差不多要签约了。不过钱还没有准备好，有点困难。而且明天银行又休息，我想可能多少还需要一点时间吧。还有在这之后，还不知道该如何交付呢。

疯车先生，真不知道他写这个名字的用意何在，应该是给Julie建议的亲切人士的化名吧。Julie如何在这种三更半夜确认质量？不管是谁，看到这样的留言恐怕都要歪着头觉得奇怪吧。

“光是想象葛城胜俊先生写留言时是怎样的脸色就觉得有点奇怪。”刚说完，我才想到，说不定这是刑警写的留言呢。

“这个意思是说确认我没事了，答应交易啰。”树理站在我后面看着画面说道。

“嗯……不知到底是怎样呢。”

“什么？不是已经……”

“他不是说准备钱得多花一点时间吗？他是在争取时间！接着居然还说要我告诉他交赎金的方式。反正对方就是等着看我们这边会有什么样的动作，然后找出我们的破绽！”

“要告诉他如何交赎金，当然是要等他准备好钱之后啰。”

“嗯，是啊，我也这么想。”我离开电脑前，走到客厅在沙发上坐了下来，树理也跟着过来。

我不停地思索，对方到底在打什么算盘，不可能只是空等。

“喂，”树理在我旁边坐下说，“你要怎样拿钱啊？你想到什么好方法了吗？”

“这个嘛……嗯……”我含含糊糊地回答。如果说我什么都没想，不知她会有什么样的表情，但是绝不能在这个时间点失去她对我的信赖。

其实我现在的想法是，船到桥头自然直，要搅乱警方的侦查也不是那么难。虽然大家都说没有一件绑架案是可以顺利成功的，但是在我看来并非真的如此。只是绑架成功的案件都没被报道出来而已。为了保住警察的面子，只能尽力让新闻不报道罢了。会被媒体大大炒作的都是抓到犯人的案件，所以播出来的绑架犯一直都是没经验而且行动拙劣的样子。世界上一定有聪明的绑架犯。对被害人来说，只要宝贝小孩回得来，根本不会想要让事情闹大。被媒体报道，只是换来罪犯的怨恨，对赎回人质一点帮助也没有。

“拿赎金的方法，你不告诉我？”

“会一步一步地告诉你。”

“你心想搞不好会刺激到我那就不好了？你担心我会害怕？我可没你想象的那么软弱。”

“我可没这样想。”我苦笑着说。就在这一瞬间，我想到了一件事。刺激？这是个不错的点子。

我边点头边站了起来，走向厨房，从冰箱里拿出两罐啤酒，回到沙发上，放一罐在树理面前。

“喂！你奸笑的样子，好邪恶的感觉！”

“因为想到了有趣的事，打算给这些人一些刺激。”

“刺激？”

“我来告诉他们交钱的方法。”

树理听到我说的话，原本要拉开啤酒盖的手停了下来。

“你这样做没问题吧？”

“来，你看着吧。我不会一次就让他们看清楚我的做法的。”

我回到电脑前，再次上网，然后进到提供免费电子信箱的网站。白天的时候，我在这里注册了一个信箱，姓名住址当然都是假的。

我打开写电子信件的画面，然后拿出记事本，把写在上面的账号打到寄件者栏。这个账号当然是CTP网站公布栏上的“Julie”的账号。

“来吧！”我把手摆在键盘上，深呼吸了一下。

你的信息我们已经确认了。相信你一定很高兴知道葛城树理安全没事，之后就只是交易是否顺利进行而已。不要让无聊的事令交易停摆，这样对双方都没好处，希望所有的事都迅速进行。

首先请你准备的东西是先前提过的现金三亿元。请准备一万元的旧钞，然后分为两半，一半用高尔夫球袋装，另一半用其他袋子装。

其次是移动电话，用你平常使用的就可以了。

以上准备好了的话，用之前的联络方式通知就可以了。同时，移动电话的号码也用暗号的方式，因为你大概无法直接写号码吧，利用各种障眼法的方式表示都无所谓。

我祈祷你会尽快准备完毕，因为关系到释放葛城树理一事。

再提醒一次，回信到这个电子信箱是无意义的事，我们虽然使用这个账号，但不会看送到这个信箱的任何信，这个账号仅使用这一次而已。

我把信读了三遍之后伸了个懒腰，然后慎重地将信送出。过了几秒，屏幕显示出信已送出的画面，我立即退出网站。

“高尔夫球袋和袋子，嗯……原来如此，”站在后面看着的树理，用一副佩服的语调说，“要是这样的话，就算拿在路上走也不会不自然。”

“对方应该也会这么认为的。”

哦了一声之后，我看到树理的脸转向一边，然后我喝了罐装啤酒。

对方什么时候才会注意到这封电子邮件啊？不会太久的吧，应该常常检查信箱才是。说不定现在的葛城家已经大大骚动了。

我忽然被一股冲动驱使，想要去看 CTP 的网站，但是今晚先忍耐一下。现在在这里手忙脚乱也无济于事，对方反正也在作战中。我先下线，然后关掉电脑。散热扇的声音一停，房间里静得吓人，只能听见树理的呼吸声。

“今晚的游戏到此为止，辛苦啦！”

“接着马上要拿赎金了，”她喘了一口大气说，“还不告诉我要用什么方法哦？”

“之后你就会知道的。”我笑着说。我是想告诉她这次的目标，不过还是不要让她知道得太多比较好。“今晚先睡了吧。”

我让树理睡床上，我则睡在沙发上。她对这样的安排有些惊讶，但什么都没有问。

说真的，我对于和她发生肉体关系有些后悔，只是这当中的理由也没有什么好解释的，只因犯了游戏的禁忌，伸手碰了重要的“商品”，多少都有些心虚。

并不是这样！

我心中似乎响起一种警报：你做了一件无法回头的事！好像是这么说的。那是一种近似直觉的感觉。

大概脑子里被这想法盘踞了，我睡得不太安稳，有点半睡半醒，结果还是跟平常一样的时间起床。在浴室刷牙洗完脸后，还是跟平常一样的毛病，顺手打开电脑。检查过电子信件后，接着进入 CTP 车迷俱乐部的网站，看公布栏，我倒吸一口气。

准备完成了（Julie）

早安！我是 Julie。总算将钱准备好了。这样应该可以拿到盼望的爱车了。之后就等你的联络。

对了，你提到说现在可以选择自己喜欢的车牌号码吗？

我希望能是下列的两个。

3XXX 或 8XXX

刚开始学打高尔夫球，我盼望已久，希望能把高尔夫球具放进车里开着车去打球呢。

打电话到花园饭店预约今晚的住宿，然后电话被转到前台，一位男服务员接了电话，问有几位要住宿，我回答说就一位。

“好的，今晚将为您准备一间单人房。”

“可以的话，希望能是面对大马路的房间。”

“您是说饭店正面的这一侧吗？”

“应该是吧。而且最好不要是太高的楼层。”

“请您稍等一下。”

大约等了二十秒，饭店男服务员的声音再次响起。

“那么，十五楼的房间可以吗？”

“十五楼……不错啊，就这个房间好了。”

“明白。可以请教大名和联络电话吗？”

随便说个名字和电话号码之后我挂断了电话。

“你订了哪里的饭店啊？”树理坐在沙发上问我。

“花园饭店，就在这附近，还不错的饭店呢。饭店里中餐厅的蟹黄鱼翅汤可是绝品。法式料理的大厨，好像是日本拿过最多奖的一位老先生呢。”

话说到一半，树理开始摇头说：

“我是问为什么要订饭店，不可能是为了吃饭订餐厅吧？还是说……要把那里当作地下指挥处？”

“没有必要设新的地下指挥处，那饭店只用今天一天而已。”

“为了拿赎金？”

我耸肩笑着说：“我才不做那样的事呢。”

“那你是打算怎样？为了什么目的要用？你到底是要用什么方法拿赎金呢？”树理有点歇斯底里地问。

“不需要这样逼问吧。”

“还说呢，你什么都不跟我说，我们不是伙伴吗？”

“时候到了我自然会告诉你的。”

“现在不是时候？爸爸不是已经在网上回复了吗？说钱已经准备好了。而且手机号码也写在上头啦。之后就等拿钱不是吗？”

我叹了口气，慢慢地眨眼说：

“都说过几次了，这可是一辈子一次的游戏，不是那么简单的。不一步一步照着顺序走，是不可能达到目的的。这次的行动，也是其中的一个步骤罢了。”

“但是命令准备钱的是你……把钱装进高尔夫球袋……”

“这是为了走下一步所必备的啊，你也玩过电脑游戏，你应该知道的。”

“我可没玩过电脑游戏。”

“是啊！现在你先闭嘴，看我怎么做就好了！”

她应该是不能理解的，不太服气地点点头。

简单吃完昨天树理做的浓汤，我开始准备出门的东西。从衣柜拿出运动袋，把摄影机、三脚架，还有望远镜放进袋子里。望远镜是从有赏鸟兴趣的朋友那里拿来的。

“今天是星期六，我想双人房应该是有空房的，但就算有空房，房间和楼层应该没办法指定。”

“你的意思是我也可以一起去？”

“只是要小心，不要引起饭店的注意。然后，你要做一点变装，可是要自然一点。”

说完树理站到我的面前，双手叉腰往下看。

“干吗？”

“干吗？不是干吗吧。你要我怎样变装啊？没衣服，也没化妆品啊。我要能够变装的话，大概只能变成年轻的流浪汉而已吧？”

哈哈哈！我笑了出来。真是说得蛮好笑的！

“要不那你就在家里等着吧。我想警方应该已经掌握到你失踪时穿的衣服了。而且也考虑到绑架犯可能会利用饭店，说不定也已经发通报了。”

“我一定要跟你一起去。虽然不知道你打算怎么做，但我想，对你而言，我在的话你做事就方便多了吧。”

我看着她的眼睛，她的眼神说明了这次是绝不妥协的。在这之前，我还在心里反复地告诉自己，接下来要自己一个人行动。不过她在的话是比较方便行事，我想确实也是这样。

我放下手上的运动袋说：“真拿你没办法，出门吧。”

“我可以一起去饭店啰？”

“在这之前先去买东西。”

我想大概没有像我这样的绑架犯吧。跟被绑架的女孩一起逛银座的百货公司买东西，也正因为这样，或许可以扰乱警方的侦办，但也让人无法定下心来。

感觉上树理的心情好像没有受到什么影响，她东挑西拣地选购衣服，那个样子就跟一般年轻女孩没有什么两样，很完美地融入四周的环境，我也没什么好说的了，只是想告诉她：想一下我们买东西的目的是什么！

不过她原本也不是个笨蛋，没有打扮到会让店员留下印象。她边找衣服边巧妙地移动，说不定可能被留下印象的人是我呢。因为从刚刚开始到现在，我一直面无表情地站在橱窗前面看着她。以被年轻女友抓来一起逛街买东西的男友角色来看的话，相信不论哪个导演，应该都不会喊 NG 的吧。

树理总算从店里走了出来，手里提着纸袋。

“好像买到一些东西了嘛，我原想可能还要多花一点时间呢。”我挖苦地说。

“这是我第一次这么快地买到东西呢，不过在店里待久了，怕店员会留下印象，所以随便挑挑。”

“嗯……这一点真是了不起。”

“接下来是化妆品。走！到一楼去。”树理的声音听起来有点雀跃。

我在茶廊喝咖啡等树理选购化妆品。放她一个人，多少有些不安，但是我在的话又没什么用。比起涩谷，在银座遇到熟人的概率几乎是零，我相信她所说的话。

三十分钟后她回来了，看着她的脸，我睁大了眼睛。

“你化了妆啊？”

“是啊，顺便嘛。”树理边说边坐在我对面。服务生走过来，她点了一杯奶茶。

“你该不会是让店员帮你化的妆吧？”

“我没有理由这么做吧，借个镜子自己化的。你放心，在那种地方啊，没有人会去看你的，大家都只关心自己前面镜子里所映照的那张脸而已。”

“拜托，光是在便利店和餐厅，你让人家看到你的脸，我都已经那么在意了，更别说这个了。”

“已经跟你说不要紧的。”她从皮包里拿出香烟，才注意到这里是禁烟区，不太高兴地再收回去。

奶茶送来了，我不经意地看着她喝茶的脸。妆没化得很浓，上了妆之后她那细致的肌肤更亮丽出色，强调了眼睛和鼻子的形状，比原来的轮廓更为明显。

“干吗这样一直看着人家？还在担心啊？”

“没，没事，”我眼神闪避了一下说，“还有一件东西要买。”

“这次是什么？”

“游戏的必需用品。”

再次搭上计程车，开往秋叶原。在计程车上我拿了五张一万元的钞票给树理。

“干什么？”

“买东西的钱啊，请你去买。”

“你这样说，我也不知道要买什么啊！？”

“到时候我会告诉你买什么的，照我说的做就是了。”

树理又鼓起了嘴，我不太想让计程车司机听到我们的对话。

我们在昭和路路边下了车，星期六的电器街很混杂，对不想让人留下印象的我们来说刚好。而且树理还戴了帽子遮到眼睛部位。

离有名的电器商店街稍远处，我们走进一条巷子里，这里人也很多，但是气氛上有点不太一样。

我马上注意到一个人，留着胡子长得黑黑的伊朗人。

“你去那个人那边，问他有没有王八机。”我在树理的耳边说。

“王八机？”

“就是手机啦，人头的行动电话。”

“哦、哦！”她点点头说，“好像听说过。”

“不用问厂家，五万元应该够，是先付款的。然后他会叫你跟他走，不要说话跟他走。我会在这里等你。”

“你不跟我一起来？”

“要是被认为是警察乔装搜查就麻烦了，要你去买，也是为了避免这样的问题。可能会有点可怕，加油啦！”

树理的眼神顿时显得不安，但马上就重重点了个头。

“知道了，我去啰！”她朝那个男人走去。

树理跟那伊朗人说话，我在远处看着。客人是个年轻女孩，伊朗人似乎也没多惊讶。这地方可以买到王八机的事也在一些女人之间谣传，我也是从其中一位买过这种手机的女人那里听来的。

跟预料的一样，他们开始移动，转过一个街角。树理并没有回头看，还真是蛮厉害的。

拿着商品的人应该是在车上等的。因为万一被发觉的时候，可以很快地逃走。

十五分钟左右，树理回来了。我也松了一口气。

“任务完成了！”她拿起手上一个小纸袋说，“还拿了礼物呢。”

“礼物？”

“电话卡呀，他们说打多少都可以呢。面值是五十，但用到零会先退出来，之后还可以回到五十再用呢。”

我苦笑了一下说：“你用过公共电话吗？”

“当然，现在我是没有电话的人呀。”树理手上拿着电话卡晃来晃去地说。

对这些伊朗人来说，伪造电话卡是他们之前的主要业务。但是在手机普及了以后，电话卡就没销路了，取而代之的商品就是所谓的王八机了。

“那些人的日语说得很好哦，怎么背的啊?”

“为了活下去的人都是拼了命的，伪造电话卡的人也是拼了命的。通讯公司再不努力，就等他们来取代了。”

“警察也一样，想要举报他们的话，也该死命地学会他们的语言才是。”

“就是这么一回事。”

就在说完后，我停下脚步，挽着我的手走路的树理踉跄了一步。

“干吗啦，不要这样突然停下来好不好?”

“我想到一个好方法了，”我对着她奸笑并且说，“游戏即将开始!”

坐上计程车先回公寓，我再次开始前置工作，最后把笔记本电脑放进袋子里，准备完成!

“那么，我之后会跟你联络，或许有点啰唆，但绝对不要从饭店正门进去。”

“知道了，真的是很啰唆。”

我本来想说，就是因为怀疑你到底知不知道这么做才会这么啰唆的，不过先忍了下来。我先出门，手表上的时间是下午三点。

坐计程车到花园饭店只要几分钟。我在正门玄关下车走向柜台。我的服装是衬衫加领带、深灰色西装，假装成假日到东京出差的上班族。因为在订房时随口说的电话号码的区域码是名古屋。

我在登记卡写上假名、假住址和假的电话号码，预付五万元完成住房登记手续。我尽量只看着服务员的手，为了安全我尽量不抬起头来。

他们给我的房间是一五二六号房。我谢绝他们的带领，一个人搭电梯上去。

一进房间我马上打开窗帘，左斜下方可以看见首都高速公路的箱崎交流道。我从袋子里取出望远镜，迅速对好焦距。从银座方向开来的深蓝色国产车刚好穿过视线。

第一阶段过关了，我安心地吐了一口气。之前住过这个饭店，因而知道可以看得到交流道。当然，那个时候住在这个饭店，完全没有想到会如此利用到它。

我拿起电话，打回自己的住处。响了三声之后，答录机开始播话。哔一声后，我开口说话：

“在一五二六号房，进来时请敲门。”说完这个，我便挂断电话。树理在听完这个留言后，应该会马上出门。我告诉她坐计程车，但是坐到地铁半藏门线水天宫前车站就下车，然后从那里进地下人行道，再利用人行道进入饭店。饭店的地下二楼和地铁车站相连，而且从地下可以直接搭电梯上到客房层。也就是说，可以完全避开饭店柜台及人群聚集的场所。

我脱掉上衣，松开领带，开始前置工作，先把摄影机架在三脚架上，置放在窗边，再看着液晶画面，调整摄影机的角度和镜头。从银座开过来的车全部可以入镜。

接着拿出笔记本电脑，将带来的电话线插进桌旁的电话插座。为了商务客人的需要，这家饭店除了电话用的馆内回线外，还架设了可以使用电脑网路的电话回线。这个也是上次住进来的时候知道的事。

我打开电脑，然后试着接上网络，到此为止一切顺利。为了安全起见，我看了 CTP 车迷俱乐部的网站。“Julie”留了新的信息在上面。

等待已久（Julie）

订单也下好了，钱也准备好了，但是你还没有任何的联络。

你说希望能早早拿到想要的东西，却不知你还在等什么？

高尔夫球袋在门口高喊着：快把我带到要去的地方吧。

这点一直让我觉得很佩服，这真是写得很好的掩人耳目的文章。读这篇文章的人，会觉得这只不过是非常想要车子的笨蛋女孩。

总之从这封信看得出来对方开始感到焦急了，急着想知道绑架犯到底要出什么招术，快要无法忍受了。

我从冰箱拿出一瓶矿泉水，对着瓶口直接喝，开始再次整理计划，应该没有漏掉任何一个步骤，也应该不用担心被抓到漏洞。

看了一下时钟，从打电话到现在已经过了三十分钟了，树理到底在干什么？

又过了三十分钟左右，总算传来敲门的声音。

“请问是哪位？”还是先问一下。

“是我！”听到这样的回答，我才开门。

“你到底在做什么啊？换个衣服……”话到这里我就说不下去了，树理染了一头接近金色的浅棕色头发，而且还变短了！

嘿嘿嘿，她奸诈地笑了笑，还伸手拨弄了一下短发。

“你这是怎么了?!”

“我染的啦，还不错吧?!”她很慎重地踏进房间，环视一下房间，然后走向窗边，靠近摄影机说：“你在拍什么？”

还不是回答她问题的时候。

“你到底想怎样？”

“什么？”

“你的头啊！弄得那么醒目，不觉得很危险吗？”

“这个？会醒目？”

“你自己照照镜子！”

“因为你说要变装的啊，我就依我自己的想法，这可是下了很多功夫的，自己剪头发，自己染，然后换了衣服。你看，跟刚刚的我比起来完全变了一个人吧！”她上身穿了一件红色无袖T恤，下面搭一条黑色裙子。首饰和鞋子也换了，我吓了一跳。那是什么时候买的？

“我不是说不要变得太显眼吗？”

不知道她有没有在听我说话，只是一屁股坐在床上，像小孩子玩弹簧床一样，上下地弹跳着，还一副笑脸。

“喂，你真的是广告人？才弄成这样你就大惊小怪，太奇怪了吧？现在啊，黑头发的反而是异类呢。”

“那为什么那些人要染发？是为了不惹人注目吗？不是吧，他们不就是为了引人注意吗？”

“刚开始或许是这样没错，但现在不一样啦。黑头发会让人觉得很土呀。为了不让人家觉得土，所以要染发啊。”

我摇摇头，现在不是争论这种无聊问题的时候。

“总之回去以后再染回原来的样子。或许你自己忘了，你可是个人质。在被绑架期间，人质的头发颜色变了，这不是很奇怪的事吗？”

“这样说好了，罪犯是个怪人，因此半开玩笑地把人质的头发染了颜色。”

“无理取闹到此为止！”我拿出在秋叶原买的手机，递到她的面前说，“好啦，游戏开始，打你爸爸的手机！”

“我打？”看她一脸的惊讶，总算是醒了！

“我原本是想自己打的，但是和你一起就另当别论。我尽量不想让葛城先生听到我的声音，虽然你爸爸记得我的声音的可能性很小。”

“电话里要说些什么呢？”

“这个我已经想好了，到这里来一下。”我让她坐在电脑前面，然后按了一下键盘，屏幕上出现一篇文章。这是我在等她的时候写的。这篇文章分成了几个项目。

我先指着第一篇文章说：“首先从这里开始，把这个内容说完后，马上挂断电话。”

树理露出认真的眼神读着写在上面的文章。看着她的脸，我不禁想，不管她做什么事都在摆样子，买东西时那种奇妙的样子，或是染头发，完全是一种想要掩饰自己心里不安的装模作样。

“用这个电话打不要紧吗？”

“拜托你时间能短就短，要是时间长了会被锁定是在哪个区域的。”

她深深地吸了一口气，眼睛看着手机号码按键说道：

“马上？”

“马上！号码是这个，”我把写着葛城胜俊手机号码的纸条放在她面前说，“不快一点的话，天要黑了。”

“天黑了就不好了，是吧？”

“这个摄影机又不是红外线摄影机，而且望远镜也不是夜视镜头。”

她大概多少了解我说的话的意义，沉默着点了头，再一次深呼吸，换成左手拿手机，右手手指接近按键。她看着纸条一个一个号码慎重地按下去，按完后将手机靠近耳朵，眼睛轻轻地闭上。

我也听得到电话铃响，响了两声后电话接通了。

“喂，是我啦！树理！什么都不要说，先听我说！”她面对电脑，然后接着说，“现在开始十分钟后出门，请把高尔夫球袋和袋子放到后备箱，车子里只能有爸爸一个人。开上首都高速公路，往向岛交流道的方向开……向岛啊，方向的向，岛屿的岛啦。可以的话只要依照速限开车就好。我会再跟你联络……对不起，没时间说了。”

挂断电话后，她用一种求助的眼神看着我，脸颊稍稍泛红。我双唇微开亲了她一下说：“做得真好！”

“下次的联络也是我吗？”

“基本上是的，联络的事就由你来做。”

“基本上的意思是？”

“之后你就会知道。”

我操作电脑，再次上网，高速公路管理局有交通资讯网站，我进入这个网站。液晶屏幕上显示出首都高速公路的地图，路线的显示是白色，依塞车的状况会呈现红色或黄色，今天交通比平常通畅，但还是有些地方呈现一些颜色。

我找到葛城胜俊可能选择的路线，并没有塞车严重的地方，只有箱崎交流道附近有些许的红色。

我交互地看着时钟和首都高速公路的路线图，喉咙相当渴，便把剩下的矿泉水喝完了。树理也喝起可乐来，两个人谁也没说话。我不时地切换交通信息，但并没有太大的变化。要是有变化的话，那一定是发生车祸了。我心里只能祈祷千万不要发生这种事！

看着时钟，我弹了一下指头说：“树理！电话！”

她表情紧张，拿起手机说：

“下一步要怎么做？”

“问他现在到哪里了，只要这样就好。”

她点点头，打了电话：

“喂，是我！现在到哪里了？……啊，竹桥？刚过了竹桥。”

我做了个 OK 的手势，她急忙挂断电话。

“是竹桥。”

“我知道。”

眼睛盯着首都高速公路路线图，从竹桥交流道到江户桥还很顺畅，可以以时速六十千米跑吧。从江户桥到箱崎有点塞。这才是问题——时间点！时间点决定一切，我只能相信自己的直觉了！

我再弹一下指头说：“打个电话，确认位置！”

树理按下重拨键，好像马上就接通了。

“现在到哪里了？……马上要到江户桥了。”

我站了起来，给她一个 OK 的手势，她急忙地挂了电话。

我站在窗边，再确认一下摄影机的位置。我招手要她过来。

“一分钟后打电话，指示他从箱崎交流道下，之后把电话交给我。”

“交给你？你要跟他讲话？”

“嗯，从那时开始由我跟他说。”我边说边点头。

差不多一分钟后树理打了电话。我站在旁边从袋子里取出一罐变声瓦斯。

“喂，是我。从箱崎交流道下。啊，电话不要挂！”树理匆匆忙忙说完后，把手机交给了我。

我先深呼吸了一下才接过手机，应该是很轻的行动电话，却觉得相当沉重，心跳也开始加速。

站在窗边，我一手拿着手机靠近耳朵，另一只手拿着望远镜观察，摄影机也开始转动。

看到银灰色的奔驰从斜坡上下来，无法看到驾驶人。看着摄影机屏幕的树理和我交换了一下眼神，她沉默地点了个头，那是葛城胜俊的车！

我拿起变声瓦斯对着嘴巴，深深地吸了一口，然后一口气把话说完：

“不要出高速公路，进环形车道去！”

在一旁听我说话的树理，目瞪口呆地看着我，这也不是不能理解，因为我的声音突然变得跟唐老鸭一样。变声瓦斯这个玩具，没想到有一天会派上用场，这是有一次办派对时买的道具。

葛城胜俊应该也同样吓了一跳吧。

“你说什么？不是要往向岛方向开的吗？”

我吸了一口瓦斯后回答："给我进环形车道去！"

"右侧有往银座方向的出口，不用往那里走吗？"

"给我进环形车道去！"

说完我把电话切断拿给树理。我用望远镜监视箱崎交流道，银灰色的奔驰通过，后面还跟了几辆车，也有卡车，还有计程车。

奔驰再次出现。箱崎交流道呈小形圆环状，不朝出口、不朝任何方向走的话，只要汽油足够就可以一直绕圈圈。

等到奔驰出现第三次后，我才给树理下一个指示。她露出非常讶异的表情后按下手机的重拨键。

"喂，是我！交易中止！回家去吧，等下一次的联络……对不起，我也不太知道。"

挂断电话后，树理恨恨地怒视着我，我在床边坐了下来。

"这是什么意思？为什么突然停止交易？"

"突然？才不是呢，最初就决定好的。"

"最初就决定的？原本就打算要停止交易？"

树理走到我旁边，往下看着我说：

"为什么要这样做？"

"为了了解警方的动作。"

我站了起来，把一直开着的摄影机关掉。

电脑画面显示箱崎交流道的影像。银灰色的奔驰反复通过几次，其他各式各样的车也通过了，但是出现两次以上的只有葛城胜俊的车。

“真是奇怪，真的只有奔驰而已。”

我们回到公寓，饭店房间就先留着。退房要等明天早上，我打算自己去办手续。今天晚上退房的话，饭店方面大概也会觉得怪异吧。

“到底是哪里奇怪了？多少透露一点吧。”树理有些生气地说。

“跑在环形车道上的车只有奔驰不是很奇怪吗？应该还会拍到其他的车才对啊。”

“不是拍到了吗？有计程车，有卡车，一堆车！”

“都只出现一次，环形车道上绕圈圈的车只有奔驰，其他绕圈圈的车一辆也没有。”

“那是当然的啊，我爸爸就是开奔驰呀！”

“话是这么说没错，但应该有尾随的车才是啊，比如说警方的车。”

树理嘴巴半开，她总算知道我在说什么了！

“警方的车就算不紧跟在后，也会在两三台车后面跟着吧？但没有这样就怪了。不这样跟的话，万一出事就来不及反应了。

但是到目前为止，录影上并没有出现像这样的车子，这到底是怎么一回事？”

树理没回答，只是歪着头看着电脑画面。对我来说，也没有期望她会说出什么答案来。

“有几点可能，一个是可能有什么理由不让警方跟。从这种情形来看，一定是用了比跟车更好的追踪方法，譬如说侦办人员藏在奔驰里面。”

“是躲在车里吗？”树理把脸靠近电脑屏幕。

“确认看看吧。”

我将奔驰内部拍得最清楚的画面挑出来，然后放大，虽然画质粗糙，但还看得出轮廓。

“后座好像没有人吧。”

“那会不会躲在后备箱啊？”

“可能性很低。后面放着装了三亿元的高尔夫球袋和另一个袋子，就算再躲一个人，这个人的身体没办法做出反应动作那也没意义。所以我才特别指示，把这两个装钱的袋子放在后备箱的。”

树理对我的话理解地点了点头，似乎对我的做法多少有点另眼相看的样子。

“喂，小说或电影里不是也常演警方会在赎金里暗藏追踪器吗？这一次会不会也是这样呢？”

“或许装了追踪器，”我同意她的意见，“除此之外，也一定会跟踪，或是在某个地方监视。”

“那会不会是监视啊？”

“笨！我不是下指示开往向岛方向了吗？有什么理由他们会想到要在中途的箱崎交流道监视？”

“我也是这么认为……那……你有什么看法啊？”

“就是因为不知道才伤脑筋，警方的人到底是藏在哪里的呢？”我躺进沙发里。

其实还有一个可能，只是这个想法我不敢置信，所以也就没说出口。那就是，警方根本没有动作。也就是说，葛城胜俊根本没向警方报案！要是这样的话，只出现奔驰也就不是什么不可思议的事了。

而这样的做法应该也是可以理解的。当然，我无从断定就是如此。葛城胜俊身为父亲，女儿的生命自是优先考量，他遵守了我的指示也不一定。

但我还是想推翻这个想法。这个男人不是那种人，他不会那么容易一威胁就屈服。他一定会想办法搅乱犯人内部，设法救出女儿的。为了达成目的，必须借助警方的力量，所以警方一定在哪里严阵以待。当葛城胜俊在箱崎交流道像旋转木马转呀转的时候，警方一定是屏气凝神潜伏着等待犯人出现。

“喂，所以是什么时候啊？”树理问我。

“什么时候？什么事？”

“真正要拿赎金的时间啊。不是已经决定了吗？还是说又只是做好预演的计划而已？”她站在我旁边，张开双手，用一种揶揄的口吻说着，好像对我的做法不认同的样子。

“我只是希望能把它做得完美，这也是为了你。你想要钱吧？想要报复葛城家吧？”

“是啊，但我不想这样拖拖拉拉的。”

“不是拖拖拉拉，是慎重，敌人可是葛城胜俊！”

“那什么时候拿呢？”

“你为什么那么急？没必要匆匆忙忙的吧。黑桃王牌在我们手上，只要选好正确的时间，正确的方法拿到钱就好了。”

树理很激动地摇头，一头短发都乱了。

“对你来说或许是个很好玩的游戏，但也要设身处地为我想想啊，我已经受够这种紧张的感觉了，我想快点松口气！”

她大声说完之后，冲进了卧室。她的反应，对我来说也感到有些唐突。虽然知道她的感受，但是不知道她为什么会有那么突然的情绪波动。

我走进卧室，看到树理趴在床上，我在她身旁坐下，摸着她刚染的头发。她让我看她刚染的头发时，是那种目中无人的态度，现在为什么会变成这样？真令人不解！

树理抱住我的腰，我静静躺下，就这样重叠在她身上。

“紧紧抱住我！”她轻声地说，“能在一起也只有现在而已了。”

虽然知道沉溺于做爱是件傻事，但是看着睡在我臂膀上的树理是如此地惹人怜爱，这到底是怎么一回事呢？

能在一起也只有现在而已——正是如此。这个游戏顺利玩完的话，我们是再也不会见面了，不能再做这么危险的事了，我从一开始就是这样打算的。

但是现在，我已经陷进去了。说真的，我开始想要和树理在一起更久一些。不只是这样，还会想等拿到赎金后，再想想有什么方法可以让两人不用分手。

你在发什么神经啊，佐久间骏介！你不是这样的男人！

隔天早上醒来，树理不在旁边，房间里飘散着一阵阵的咖啡香。

从寝室门缝偷瞄，她在餐桌和厨房之间来回穿梭，而且餐桌上已经摆好了一些吃的东西。

我拿起摆在柜子上的相机，想从门缝中拍摄她的身影，刚好在她拿托盘走过来的时候，我不用闪光灯按下快门，她并没有注意到。我在相机的视窗上确认一下，虽然拍得有点暗，但仍能显示出她那美丽的身影。我顺手打开盖子，把相机记忆卡抽了出来。

“起床了吗？”

她好像听到声响，走了过来。我匆忙把相机摆回柜子上，记忆卡则握在右手里。

树理打开门，走了进来。我马上站到她身旁，她吓了一跳。

“什么嘛，已经起床啦。”

“刚起来，好像准备早餐了吧？”

“我是个吃闲饭的啊，多少要报点恩啰，再说老是吃奶油浓汤也会腻吧。”

就在树理背对着我时，我趁机把记忆卡放进挂在身边的上衣口袋里。

菜式是火腿蛋、蔬菜汤、吐司和咖啡。这根本无法称为料理，但就冰箱里的东西来看的话，这或许已经是极致了。

“感觉好像是有家庭的人。”咬了一口吐司后我说。

“你为什么不结婚？”

“这个嘛……要我来说的话，为什么大家都那么想结婚？为什么要跟一个不知什么时候会腻的人在一起一生一世，我无法发这种誓。”

“但是只有这个人会在你的身边啊，譬如说不管你变成多丑的老先生，你不会是孤独一人呀。”

“换句话说，不管对方变成多丑的老太婆，也必须陪伴其身边。但总有一天会变成一个人的啊，结不结婚不都一样。”

“所以才要生小孩啊，就算配偶不在了，还有家人啊。”

“是这样吗？你看看我吧，”我拿着叉子指着自己说，“我也有父母亲，但我也是这样一个人过活，几年了也都不联络，这样的小孩对父母亲来说还是家人吗？跟没有是一样的！”

“就算不在家，至少知道在哪里吧，只要这样父母亲就很高兴了吧。小孩过什么样的生活，说不定光想象都是有趣愉快的。”

我喝了口咖啡，苦笑一下。她的表情好像在说，有什么好奇怪的？

“没想到你会提到家庭的重要性。”

好像说到她的痛处一样，她低下头去。

我把火腿蛋的蛋黄弄破，就着火腿一起吃。

“为什么不跟你的爸妈联络？”她就这么低着头问我。

“没事啊，这是最适当的说法了。对我来说，不过就是讨厌而已。就算偶尔会打电话来，也是说一些事务性的事，说完就没话说了。”

“你老家在哪儿？”

“横滨，在元町附近。”

“好地方。”

“女孩子一定会这么说。但作为生长的地方，和挽着男友走在路上的感觉是不一样的。”

“有做什么买卖吗？”

“我爸是个普通的上班族，跟元町商店街没关系。”

“那你父亲还在工作吗？”

我摇摇头说：“我爸过世了，在我小学的时候。”

“哦……是这样啊。”

“我爸妈离婚了，我是跟着我爸的，但他过世后，我又回到妈妈那边。当时我妈在娘家，我就跟着他们一起住。

我妈娘家经营家具行，在地方上是颇有名气的店。外祖父母也健在，和长子一家住在一起，只是再加上我们母子二人而已。母亲在店里帮忙，家事全由她来做，其实并不会觉得丢脸，因为这是原来出生长大的家。不只是外祖父母，大舅夫妇也很疼爱我，他们也有一个儿子和一个女儿，他们都不会把我当成是吃闲饭的。

“但后来我发现那是装出来的和平假象。”

“什么意思？”

“终究我们母子二人在这个家是多余的。是这样没错呀，离婚女儿带个小孩一直赖着不走，就算是再亲的家人也是个麻烦，尤其是跟舅妈又没有血缘关系，当然会觉得我们讨厌。她是不会露骨地表示的，但还是感觉得出来。仔细观察，她表里不一并不是只针对我们。舅妈是个实际的人，而且很会做生意，所以实际上掌管店的是舅妈而不是大舅。就算是店里的人，也是比较信任舅妈的。这样的话舅妈就不会觉得不舒服，她也一直表现得很积极，对待先生和公公的态度也比较强势。这样的状况看在外祖父母的眼里并不有趣，他们会希望这个软弱的儿子把实际掌控权拿回来，但是我这个大舅，真的是个没用的人，一碰到什么麻烦事，马上躲到舅妈背后。外祖父母虽然焦急，但已经是退居身后的人了，店是由媳妇撑着的，就算讨厌也只能装出笑脸。就是这样的，在这种大家庭中生活，就会遇到一堆有的没的状况。”

说了一大堆话后，我补了一句：“很无聊，这种话题。”

“不会无聊啊。那你那时候都做什么？在这种大人的世界里，有一大堆事情你得察言观色，我想是很辛苦的。”

“不会很辛苦，但是会有一点困惑，不过知道如何应付的话也就变简单了。也就是说观察出规则，只要遵守规则的话，就没有什么难的了。”

“规则？”

“意思就是不管是谁都会戴上应付某一种场合的面具。但绝不能把那个人的面具扯破，对某人的行为感到忧或喜是没有任何意义的，反正都只是面具而已，所以我也戴上了面具。”

“什么样的面具？”

“一言以蔽之，就是戴上最适用于当时场合的面具。小时候就戴上大人所期待的面具，话虽这样说，但也不是演个模范生就好了。一开始戴着会恶作剧的小孩子的面具，过段时间要戴上叛逆期的面具，这之后又戴上青春期的面具，在未来就戴上青年的面具，重点是要让大人感到习惯的面具。”

“真是难以相信……”

“这又不是什么了不起的事，戴上面具以后还比较轻松呢。不管是谁说什么，他都不过是对着一张面具说话，只要在私底下窃笑就好了，一边窃笑对方，一边考虑戴什么样的面具可以让对方高兴，人与人之间的关系是很烦的，但是采用这种方式的话，就不会觉得有什么大不了。”

“你就一直这样做？”

“就一直这样做。”

树理放下叉子，两手放到桌面下说：“这样让人觉得好寂寞哦。”

“我并不这样想。大概所有的人都只是戴着大小不一的面具活着的吧，你不也是这样？”

“是这样子吗……”

“不这样的话，是没办法活在这个世间的。就一张真面目，什么时候会挨打都不知道呢。这是人世间的游戏，是在适当场合戴上适当面具的游戏！”

“青春面具……是吧？”

“你说什么？”我把咖啡杯放下说道，“刚刚，你说什么？”

“没什么。”

“不！我确实听到了。青春面具……你怎么会知道这个游戏的名称？这还没有在市面上贩卖啊！”

我瞪着她，她眼神闪躲，显得惊慌，小小地吐了个舌头说：“对不起，我擅自偷看了！”

“偷看什么？”

“你摆在那边的东西，还有电脑中的……”

我叹了口气，伸手去拿杯子，喝了一口咖啡说：“我没告诉你不要随便碰东西吗？”

“所以才向你道歉啊。但是我也希望你了解我的心情，我只是希望能多了解你一些，你是怎样的一个人，在什么地方出生，在什么样的环境成长……”

“关于我，刚刚说的就是全部了。没有多么幸福，但也没有特别不幸。”

“那伯母现在……”

“在我高中时改嫁了。对方是个买卖建筑材料的上班族，很稳重的一个人，对我也很好，”我摇摇头修正，“应该这样说，戴着好男人面具的一个人，现在也一直戴着。”

我的话就此告一段落，树理也没有再多问。我有点后悔说了那么多自己的过去。

吃完早餐，我上网看了CTP车迷俱乐部的网站，上面有新的留言。

> 二十四小时（Julie）
>
> 早安。这边已经准备好钱了，对于突然的合约延期，我相当生气！我只好限定在二十四小时之内了，要是在时间内没有任何联络的话，该向谁说，我还是会说的。我是这样想的！
>
> 对不起一早就这样发牢骚！

从浴室出来的树理，头发变成了深咖啡色，感觉上比原来的发色明亮了些，但比起刚刚的金发可是要好太多了。

“这比较适合你，”我说，“日本人不适合金发。”

“大人都这样说。”

“你不也是大人了吗？”

“我是说大叔的意思哦。”

“看到日本人特有的扁脸配上金头发，我都会觉得不好意思呢，只会让人觉得是有崇拜白人的情结而已。”她看起来似乎很不高兴，我再解释道：“我是说一般的小孩子，不是说你是个扁脸，但你也不像欧美人轮廓那么明显。”

最后一句话是多余的吧，没能让她感觉好一点，她粗鲁地在沙发上坐了下来。

“然后呢，想到什么好方法了吗？”

“正在想。”

“还在想？只剩下二十四小时而已！”她看了看时钟之后摇头说，“那篇留言是早上六点多写的，到明天早上六点只剩十七个小时了。”

“我没那么介意这件事。”

“但是他说在这段时间内没有联络的话，该向谁说，还是会说的……”

为了不想听她说话，我伸手拿起音响的遥控器，按下 CD 的播放键，《歌剧魅影》的音乐从中间开始播放。我喜欢这出歌剧，看过好几次。这是描写用面具隐藏一张丑陋脸庞的悲伤男人想要超越一般人的故事。

戴着面具的不只是这个男人——每看一次这出歌剧，我就会这样想。

该向谁说，我还是会说的。这句话是什么意思？是报警的意思吗？真是卑劣，他想说的是到现在都还没报警？这样威胁有用的话，那只能说他太小看人了！

但是我也有点迷惑，在利用箱崎交流道的战术里，并没有警方的影子。说不定葛城胜俊是真的还没有向警方报案。

我摇摇头，没有理由这么做，这是个陷阱！这是要造成一种错觉，让我方认为警方没有动作，然后等待我方在没有周密计划的情况下出手。

“昨天就那样把钱拿下来就好啦。”树理说道。

“就那样？”

“就是爸爸在箱崎交流道绕圈圈的时候啊。又没有警方跟踪，然后叫他把车丢在那里不就行了？等爸爸离开现场，再把钱拿走，或者连车一起开走都好啊。”

“白痴啊，那样警察一下子就追上来了！”

“警察在哪儿？不是没有警察吗？”

“没有理由不在，一定是在某个地方盯着奔驰的动态。”

我心想，说不定警方在首都高速公路的每个交流道都派了人盯着，而且还窃听我们和葛城胜俊的对话。

“请对方把赎金带到指定的地方，然后指示负责运送的人放下赎金之后马上离开，这是可行的。只是在这之后，罪犯若无其事地去拿钱的时候，一定会被警察逮捕，你知道为什么吗？”树理回到房间后我问她。

“想也知道是因为警察埋伏啊。”

“是的！刑警们睁大了眼睛看着，等着罪犯现身。这也是一般逮捕罪犯最正确的时机。那我问你，为什么警方知道拿钱的地方？”

“那是当然的事啊，被害人的亲人跟警方说的啊。”

“正是这样。也就是说，拿赎金的地点，不到最后一刻不透露出来是比较聪明的做法。只是不全部说清楚的话，负责送钱的人不知该往哪里去，要兼顾这点是比较困难的。”

“先告知一个大概的位置，到了附近再指示正确的地方不就好了？”

“你说得倒简单，这很难顺利进行呢。要考虑到警网的灵敏反应。不能以分钟为单位，而是必须以秒为单位来行事。”

“你是这样在计划的吗？”

“可以这样说，想法差不多确定了，接下来要用功一下。”

“用功一下？”

"之后你就会知道的。"

我打开电脑，摩拳擦掌了一下，写了下面的文章。

葛城胜俊先生：

因为昨天发生了一些意外，不得不中断计划。所谓的意外是因为有警方介入。我察觉到好像有警方的监视，事实如何并不清楚，要是大哥您向警方报案，而且在进行所谓的侦查的话，那实在令人感到遗憾，我们之间的交易就必须马上停止，葛城树理也就永远不会再回到您的身边了！

我再次警告，不要让警方介入。假设下次的交易还有这种感觉的话，我们绝不犹豫将全面撤退，不再联络，也没有下一次的交易。

也就是说，这是彼此最后一次机会。我在此做出几项指示。

·三亿元赎金请尽量装进一个小袋子里，我想旅行箱应该是可以的，不用上锁。为了打开盖子时无法确认里头的东西，请将所有的钞票用黑色塑料袋包裹，当然绝不可以装设追踪器。要是有这样的迹象，就视为违反约定，我们这里也会备妥测试追踪器的工具。

·请准备便条纸、笔和透明胶带。

·这次运送钱的人请葛城夫人负责，运送的车也用夫人的BMW。和赎金一样，夫人和车子不准装设追踪器，一旦发现马上停止交易。

·请为夫人准备一台手机，号码也用和上次一样的方式告知即可。

下一次的联络会在二十四小时内发出，请等候！

读了四次文章之后，我将信发往葛城胜俊的电子信箱，此后真的是完全没有回头路了！

“你想好发现追踪器的方法吗？”树理问我。

“方法有好几种啊，金属探测器也行，电波探测器也行。”

“但是这要等赎金拿到了以后才能用啊？”

“是啊。”我笑笑说。

“要是这样，那这个指示就没有什么意义了啊？”

“多少有些恐吓的作用，也就是威胁。因为对他们来说，也不知道我们会使出什么手段，只能先依照我们所说的去做。”

“他们会依照我们所说的去做吗？”树理歪着头说。

“我想他们并不会在赎金上装追踪器。假设罪犯成功地拿到赎金，他们也会怕因为追踪器而让罪犯不爽，做出什么糟糕的事来。要装追踪器的话，应该是装在运送钱的人身上或是车上。”

“你是说妈妈或BMW……”

“所以对我们来说，必须想出对策才行。当然，我已经想好了。”

“告诉我！”

“不行。”

“又来了！”树理一脸不太高兴地说，“老是摆架子，感觉很差，你根本不把我看成是伙伴！”

“你可是最重要的伙伴。要是没有你，这次的计划绝对无法成功，换句话说，根本无法成立。你啊，可能比我还重要呢。”

我的话好像让她的感觉好多了，她那双大大的眼睛闪烁着光芒，同时光芒中也带着紧张的神色。

“我该做什么好呢？”

“演一出戏！”我看着她的眼睛说，“大主角，无可取代的大主角！”

隔天，是和平常的星期一一样。我按时起床，事实上并没有睡得很好。马上就要进入真正的演出了，情绪有些高涨。刚觉得有点快要睡着时却又醒了过来，就这样反反复复，头有点沉。

洗完脸，做例行体操时，树理从床上传来声音说：

“你已经起床啦？”

她好像也没睡好，眼睛红红的。

“我必须去公司。”

“去公司？在这么重要的日子？”

“就因为是重要的日子，所以必须和平常一样。万一之后被怀疑，今天又刚好请假的话那会更糟糕。”

“你想，会被怀疑吗？”

“这个嘛……”我在做俯卧撑，摇摇头说，“嗯，应该是不会。”

“所以啊！”

“好啦！”我说，“今天是一如既往的星期一，所以也依照平常的作息上班、开会、写企划书。我不想为了这个游戏，破坏了生活节奏。”

我不清楚她是否了解我所说的话，树理只是沉默不语。

边吃早餐边谈今天的计划。我仍然去公司上班，等回家后再执行计划。我今天不打算加班。

到了公司只有无聊的事等着我。必须和他们开一个推荐偶像明星的企划会议，是一个和电玩角色搭配的营销计划，这是每个公司都在做的事，一点新意也没有。被问到意见时，我说：“是啊，诚如大家所说的一样。”全场一片静默，所以会议主持人说：

“那么你到底有什么点子就说出来啊。”

“找几个长得很像的女孩子如何？”我就自己想到的说，“带几个身材、长相相似的女孩子来化妆，让她们看起来相似。同样长相的十个人同时出现，其中只有一个才是真的主角。请问，哪一位是真的？先不用马上揭晓谜底，这应该会成为话题的！”

会成为话题吗？但最重要的偶像明星却不见得卖得出去，有人表示这样的意见，并且说，一旦偶像被认为是时令商品的话，那就完蛋了。我并没有提出反驳。那个男的说的或许对。只是有一个想法是不对的，偶像明星并不是时令商品。但是我只是保持沉默，像这样的工作，自己的意见跟他们合不合已经无所谓了。

到了下午，悄悄上网，看一下 CTP 车迷俱乐部网站的公布栏。有“Julie”的新留言。常浏览这个网站的人，对于最近频繁留言的这个化名，说不定开始要产生不信任的感觉了。

差不多了（Julie）

你好！看到关于交易的新联络了，这次是真的要签约了。上面还附加了许多条件，我的目的只不过是要到车子就好了，我已经说了，什么条件都好，你却那么麻烦！让我等得太久了，我想要的车号也改变了。

4××× 和 7×××

啊——啊！想快快签约呢！

我把写在上面的号码抄在纸条上，大概是葛城夫人的手机号码。这样的话，所有的条件就差不多都备妥了！

切断网路连线时，刚好看到小冢从前面朝这里走近了过来。我把电脑画面切换到企划书上。

“进行得如何?”小冢露出应酬的笑容，感觉上不是什么好事。

“还过得去吧，对新的工作还蛮有干劲的。”他要是能听出我是假意的话那最好。我也是故意要这样说的。小冢抓抓头说：

“栗原优美的企划案你好像没什么意愿的样子。”

他大概是听了出席会议的人说的吧，可以想象得出他们说了哪些坏话。

“才没有的事呢，我只是说出我想表达的意见而已。”

“找一组十个长得相似的人，我也觉得这是个不错的点子。”

我嘴角轻轻一笑。一想到他说的话不是出自内心，而是以一种同情的心态，我先是觉得窝囊，接着是生气。我是什么时候沦落到这地步的?

“三点的时候来找我，我要你跟我去个地方。”

“去哪儿?”

“日星汽车的总公司。”

我回过头来看着小家，小家的眼神闪躲了一下。

“说来真是奇怪，我已经被剔除在组员之外了，还这样一天到晚找我，这到底是怎么一回事?”

“老实说，我也不知道。刚才对方发过来的出席名单上有你的名字，我才叫你的啊!”

“到底是谁反复无常啊?我想应该不会是葛城先生吧?”

“这个嘛……葛城先生好像也要出席，问问看如何?”

“葛城先生?不可能啊!”

“不，应该没错。因为刚刚有传真过来。”

虽然这样说，我心里不免要想：这怎么可能?!葛城胜俊到底在想什么?自己的女儿被绑架，而且交赎金的时间迫在眉睫，居然还可以优哉地出席会议，他是哪根筋不对了?还是说交赎金的事反正还要花个一整天才会决定……就算是这样，我觉得……嗯……

“怎么样?要是不想去的话我也不勉强。有其他重要的事的话，回绝也没问题。再怎么说，把你换掉的也是对方。”

“好吧，我去，”我回答，“去看看葛城先生的脸也不是什么坏事。”

我不知道他是怎么理解这句话的，小冢笑了笑在我肩膀上拍了一下。

过了下午三点，小冢带着几位新的新车发表企划团队的人员到新宿日星汽车的东京总公司。杉本对我视若无睹，我心想，怎么会有这样的人？

一路上没什么车，比预定的时间早些到达。杉本在会议室和他们开始开会，我没事做，先出了房间，走到自动贩卖机买咖啡，然后走到放有绿色观赏植物的吸烟区，小冢已经在那边抽烟了。

“杉本他们说，就是觉得日星汽车有点奇怪。”

“这话怎说？”

“应该说是朝令夕改吧。计划方针很微妙地一直在改变，莫非日星公司这种大企业也受到长期不景气的影响而变得怪怪的。”

我沉默地点点头，说不定不止是受到景气不好的影响而已，摇摆不定的可能是葛城胜俊的精神状态吧！

正想要问具体情况到底是怎样的时候，小冢的眼睛朝我的背后看去，表情有些紧张。光是这样，就知道站在我背后的人是谁了。我也回过头，葛城胜俊一手插在口袋站在那里。

“百忙之中真是不好意思。”葛城胜俊向这边走过来。他穿着很有品位的深蓝色双排扣西装，笑容也充满了悠闲。

“不，这没什么。”小冢直直站着不动。

“关于前几天你们送来的企划案里，有几点想要确认，所以才那么仓促请你们过来。”

“所以今天的会议是副社长您的指示？”

“可以这样说吧。我一旦看到有意见的地方就无法搁置一旁，”葛城看了一下手表说，“差不多了吧，该进会议室了。”

“还有，我今天把他也一起带来了。”小冢看了我一下。

葛城把脸转向这里，我点了个头。只是葛城马上把视线移开。

“他怎么啦？”他问小冢。

“不，嗯，送过来的书面资料上指示佐久间也要过来。”

“噢！”葛城歪着头说，“这是怎么回事？我也不知道。负责的人拿的是旧名单，一个机械性的动作就这么传过去了吧。算了，这种事没关系吧？进去开会吧。”说完他便先走了。

小冢靠近我的耳朵说：“怎么办？”

“什么意思？”

“这个样子看来，葛城先生这边真的没有你的事了。就算出席，我想你也只是觉得无聊而已。那你先回去好了。”

事实上我也想要回去，但我并没有这样说。

“来都来了，听听说些什么也好。反正回到公司，也没什么大事要做。”

他似乎不太喜欢我话中带刺，露出一脸不悦的表情点点头。

我假装要去厕所，离开小冢，找到一个没有人的地方，拿出手机，打给树理。

“喂，怎么啦？”好像没想到我会那么早跟她联络，她的声音一副困惑的样子。

“预定变更。现在起三十分钟后执行计划！”

“三十分钟后？你等一下，不要一下子变得那么急好不好？”

“不管是三十分钟后或是五个小时后，要做的事又没有改变。”

“可是我需要时间心理准备啊！”

“所以我才说三十分钟后啊，到时候你给我准备好！”

“等等！最后一步怎么办？跟先前讨论的一样？要是对方不信任我们的话怎么办？”

“会相信的！没有理由不相信。”

我把话说得很有自信，好让树理住嘴，但她好像叹了口气。

“绝对没问题的吧？”

“你放心，我出手的游戏还没有失败过。”

“知道了，你把话都说得这么满了，我也要有所觉悟了。三十分钟后哦！”

“是的！”

“那你要怎么办？你还在公司吧？”

“我在你爸爸的公司呢，正要跟你爸爸开会。”

“啊？”

“千万拜托啦！全靠你的演技了！”

唉！手机那头传来树理大叹了一口气的声音。

“了解了，我会试试看的，不过要是没做好的话，马上就中止计划。”

“不会的，你一定可以的！”

挂了电话，我走向三十分钟后游戏对决的对手房间。

会议的内容是使用网络摄影机的一个企划案。在日星汽车发表的新车里搭载摄影机在路上行驶，考虑购买新车的客户可以使用网络观看这个影像。影像不止从前面的车窗拍摄，还包括车内的样子，内装、仪表板、各镜子的情况，只要是驾驶人看得到的东西一应俱全。按一下鼠标，马上可以任意切换画面。也就是说，在家里就可以体验驾驶的感觉。虽然是个还不错的点子，但和介绍新车的节目没有太大的差别。更准确地说，是比我原先企划的汽车公园可以以更便宜的预算来完成。

“网络传输的速度有限，想要立即得到速度感和临场感是两个要克服的课题。跟这个问题有很大关连的是要在什么样的路上行驶，我们考虑以国外为背景，或许这样会增加一些真实的临场感。”对于杉本的说明，点头的都是我们公司的人。当然，我是没有点头的。

葛城胜俊举起手，顿时全场气氛紧张了起来。

“我们可不是在深夜节目做新车介绍。”

对于这样的说法我吓了一跳，葛城跟我好像有着相同的想法。

“并不是只要播放美丽的影像而已，我们不需要这样的东西。对于有购买能力的客户我们所要提供的信息是新车的物超所值，不单只是制造话题，而且要正确地传达试驾的感觉，如果不是在一般人通常使用的道路上跑的话，那就没有什么意义啦！让客户看澳洲或加州的影像的话，对他们是起不了什么作用的！”

听起来觉得刺耳，不过我却有同感。杉本偷偷地瞄了小冢一眼，两人互望，都出现了困窘的表情。大概预定拍摄的地点正是在澳洲吧？

我看了一下时间，从打电话给树理到现在，已经过了二十七分钟。

然后秒针又绕了数字三圈，我偷瞄了一下葛城的表情。看起来没什么变化，但可以看得出他对这个无聊的会议想要集中精神的表情。

过了不久，他那专心的脸庞瞬间沉了下来。葛城把手伸进西装的内袋，跟我想的一样，他并没有把手机的电源关掉。

“对不起！”他说完后走出会议室。

此时会议中断了。对于副社长因为要接一个电话而离席，好像是很少见的现象，日星的人不禁交头接耳。

不久葛城回到会议室，跟自己的部下耳语一番，部下点点头，他也不跟我们打声招呼，又走了出去。

“嗯，对不起！葛城先生因为有其他急事先离席。但是他做了交代，我们的会议照常进行。”

“但是葛城先生不在的话，就算我们谈好了，也没什么用呀！？”

“不，葛城先生的意见我大致上都听他说过了。”

“是哦。”

难得小冢也会摆脸色。说要开会的人先走一步，心里不爽也是应该的吧。

我凑近小冢的脸，跟他说：“社长，我先回公司。接下来，我在这里也没什么意思。”

小冢点头说好，我想他也没那闲工夫再跟我说些什么了。

走出会议室，我有一种冲动想跑到停车场去看一下。现在这个时间，在经理用的停车场，葛城胜俊应该是急忙地发动他奔驰车的引擎吧。但要是被别人看到我窥探的样子那就完了。我忍了下来，往正面玄关走去。

从日星汽车总公司门口招了辆计程车，先回青山公司。但我只是到公司附近便下车，再换一辆计程车，告诉司机开往浅草。我看了一下时间。

树理应该会先打电话回家，葛城夫人在家等着。不是夫人亲生女儿的树理，不知道会如何跟夫人说话呢。夫人身边有刑警，或许会用一种担心的语气应付一下吧，但她心里一定是暗暗咒骂为什么会变成非要付三亿元的绑架案。

树理对她的指示是，现在马上将三亿元搬到车上出发。往哪里去还不清楚，先往某一道路朝西进，指示的内容就只有这样而已。

另一方面树理也跟葛城胜俊打电话，就是先前打的那通。给葛城的指示非常简洁，把纸箱和胶带准备好、发动奔驰保持随时可以出发的状态，就只是这样而已。

我跟树理打了个电话。

“喂，是我！”树理说话的声音显得有点兴奋。

“进行得如何？”

“全部都照你所说的做啦。妈妈马上就要到新宿了。”

“好！进行下一步！我正往我们先前约好的地方。”

“嗯，知道了！”她说完马上挂断电话。

我边收起电话，边想象葛城夫人开着 BMW 停在都厅前的样子。树理打电话给葛城胜俊，指示他将车开往都厅那个指定的地方。

警方应该会跟踪 BMW 的吧，夫人和车子上应该都会装追踪器和窃听器。而我们这边首先要做的就是将这些设备去除的工作。为了达成目的，所以一定要将开车的人和车子一起换掉。

树理的下一通电话是指示他们将赎金从高尔夫球袋换到纸箱里，然后由葛城胜俊开奔驰运送赎金。这么一来所有可能造成妨碍的设备便都排除了。

我在跟树理解释这个计划时，她皱着眉说：

“要是换了司机和车子之后，仍装了追踪器或窃听器的话，那不就完了？”

我马上摇头说：“他们才不会做这种事。”

“为什么说得那么有把握？”

“要是被看到他们移动装设这些东西的话就糟了呀。你父母又不是警察，要偷偷装设这些设备，这些事他们做不来的吧？”

“但是我们也看不到啊。”

“他们怎么会知道我们看不到呢？”

“啊……对！”

“罪犯可能躲在哪里看着也不一定啊——要让他们这样想，我们才能占游戏的上风。这就是所谓的扑克牌游戏啊！”

在计程车的摇晃中，我祈祷树理可以完美顺利进行这几个步骤，敌手应该会认为树理是在生命受到罪犯的威胁下打的电话。对方大概做梦也没想到她是单独行动的。光是这件事就有王牌的效果了！

快到驹形桥时我下了计程车，从这里开始步行，边走边把计划在脑子里整理了一次。没问题的，可以顺利进行！

高高的建筑物正面朝高速公路而建，这是某啤酒公司的建筑物，我搭电梯到顶楼，这里是瞭望台兼啤酒屋。我在入口处买了餐券。

店内吧台呈ㄇ字形，所有的座位都是面窗，已经有几位客人坐在位子上了。我在左侧角落的位子坐了下来，从袋子里拿出望远镜，朝高速公路对好焦。在这里客人这样做一点也不稀奇，所以也没有人会注意到我。因为在这里的客人都是脸朝外，而店员也只能看到客人的背部。

树理要是没有失误的话，葛城胜俊驾驶的奔驰应该已经朝这个方向来了。我有点沉不住气了，树理要是再不来的话，我就麻烦了。

正要看手表的时候，有人在我肩上轻拍了一下。树理在我左边的位子上坐下来，身上穿着一件水蓝色的洋装。

“葛城先生……”我小声问她。

“刚上高速公路。”她简短地回答。

我从望远镜看了出去。这是蛮高倍数的镜头，但是要在快速通过的车流当中找出葛城的奔驰也是颇为困难的。

“打个电话确认一下位置！”

树理照我说的去做，电话好像马上就接通了。

“喂，是我！现在到哪里了？”她低声问道，“什么？刚开上向岛线？”

我调整了一下望远镜的位置。从箱崎到这里，顺利的话只要几分钟。

“你就这样继续开……对不起，我也不知道目的地在哪里。”

树理并没有挂断电话。因为是王八机所以可以这样做，等这个游戏结束后，这个机子得马上处理掉。

一部银灰色的奔驰出现在我的视线里了，在车道上前进，我想那应该没有错。尽管无法看到驾驶人的脸，但直觉就是他。

我在脑中盘算着，然后开口说：“告诉他过了驹形后，从向岛下去。之后的指示内容你应该知道吧？”

我用眼角的余光看到她静静地点了头，然后我拿出自己的手机。按下手机上预先设定的号码。

“日星汽车向岛经销店，您好。”一个年轻女孩的声音。

“对不起，我是日星汽车经理室的田所，请问这里的负责人在吗？”

听到是经理室的，她好像吓了一跳。

“是，请您稍等一下！”

坐在旁边的树理则向她爸爸发出指示：

“爸爸，从向岛出去……反正就是先出去啦！”

我的电话有了响应：“喂，我是店长中村。”

“我是经理室的田所。不好意思事出突然，有一件非常紧急的事想要麻烦您一下。”

“什么事？”中村的声音带有一丝的紧张。

“副社长开自己的车刚好到了这附近，车子好像有些故障。”

“副社长的车……”中村话只说了一半。这真是令他想都没想到的事吧！

“他想找维修店，但是有件事比较麻烦。”

“出向岛了吗？这样的话，沿着墨堤大道南下……不是，是往南下走，往回走啦！”

树理用低沉尖锐的声音说出指示。我边听她说边进行我的工作。

“副社长的车上有箱东西，想请您尽快帮他运到某个地方。

我在地图上确认的时候，发现您的店离得最近，所以打电话给您。”

“那么……要是这样的话我想应该可以想办法处理。那……要去哪里呢？”

“详细的地点等一下再跟您联络。反正先到高速公路入口处的地方等着。你们的店离向岛出口很近吧？”

“嗯，是的。”

“那等一下再跟您联络一次。不知道是哪一位会过去呢？”

“噢，我想应该就是我过去吧。”

“那可以请教一下中村先生的手机号码吗？”

问了对方的电话号码后，我也把这里的号码跟对方说。当然说的不是我现在用的这个电话号码，而是树理正在使用的手机号码。

我先挂断电话，边喝啤酒边听树理的对话。

“对！再一次从向岛交流道上高速公路……为什么他们要这样做，我也不知道啊！我只是照他们的指示说而已！”

我再次用望远镜察看，但是还看不到奔驰。

警方应该是尾随在后的。先下向岛交流道后，回转逆向再一次上高速公路——尾随这种不自然的行车方式，警方会怕被罪犯知道他们的行动，但是在追踪器和窃听器都没安装的情况下，也只能继续跟踪而已。我预料，就算警方依然担心人质的安危，他们的行动也是会坚持到底的。

要怎么摆脱警方，成了最后的难题。

看到奔驰了！我把手伸向树理，她把手上的电话递给我。我把电话靠近耳朵，深呼吸一口气，然后开口说：

“Hello！ Mr. Katsuragi！①”

突然变成男人的声音，而且说的是英语，对方一下子没有反应过来。

我继续说着，全部使用英语。

（现在开始用英语，应该没问题吧！？要是窃听电话的警察英语还不错的话，那只有认了，算我们运气不好。接着，请把车子停到下一个休息站，就在前面三百米左右有个休息站，把车停到引道的最后一个停车位。知道的话就回答 Yes！②）

“Yes！③”

“Excellent！④”

我用望远镜看着驹形休息站。奔驰车打了方向灯开了进去，但是后面没有车跟着进休息站，而且奔驰的前面也没有其他车先

---

① 英语，意思是你好，葛城先生。

②③ 英语，意思是好的。

④ 英语，意思是很好。

行进入。跟踪尾随的车大概也无法应付这突发的状况吧！跟我想的一样。

（将引擎熄火，拔掉钥匙，离开车子。有休息处，进到里面去！）

可以听到车门开关的声音，然后看到葛城出来了。

“做这些事没什么意义的，一开始就没有警察。”

（不要废话，照做就好了！）

“我只希望树理可以回来，本来就打算要付钱的！”

（不是说不要废话了嘛！现在开始数数，从千开始倒数，请用英语数！）

“不用做这些事，我根本就没报警！”

（照我说的做！）

听到一声叹息后，“One Thousand，”葛城开始倒数：“Nine Hundred Ninety Nine，Nine Hundred Ninety Eight……①”

（就这样数着！）

我用另外一个手机打给中村：

“喂，我是田所。请问现在您在哪里？”

“啊，嗯……我就在向岛交流道旁边，随时都可以出发。”

---

① 英语，意思是从一千开始倒数。

“您开什么样的车呢？”

“白色的小型车。”

“请您马上出发，副社长的车子就停在驹形休息站。我想副社长大概不在那里了，是银灰色的奔驰，车子应该没上锁。麻烦您将车子里的纸箱运走。”

“那这箱东西要运到哪里呢？”

“在清州桥旁有家新航站饭店。饭店门口有一位叫松本的小姐会在那里等着，把东西交给她就可以了。”

“是清州桥的新航站饭店哦！”

“那就万事拜托了！副社长也说改天一定好好谢谢你！”

“哎呀，不用那么客气了！”

“那是一定要的，帮了这么大的忙！”

挂了电话后，我跟树理使了个眼色，她把葛城胜俊用英语数数的电话交给我后站了起来，然后离开啤酒屋。

我用望远镜看着高速公路，不久看到白色的小型车开过来。

小型车开进驹形休息站，葛城还继续数着，不过看不到他是不是在注意着赎金被抢走的模样。

万一真要有警方的人在的话，应该会在这个时间点出现才是。但是在我目前看得到的范围，并没有出现我所顾虑的情况。

在我看到小型车开出休息站之后，我站了起来，把和葛城胜俊通话的电话挂断。

我叫了计程车，回到自己的公寓，开车再次出发。

我把车停在新航站饭店旁，慢慢地走过去。

树理好像看到了我的身影，所以自动门一开便看到她走了出来，双手交叉在胸前。

“东西呢？”

“拿到了呀！”她诡异地笑了一笑！

确定没有窃听器、追踪器等类似的设备后，我们把车子里的钞票装到别的袋子里，然后把纸箱丢弃，才回到屋子里。就连我的心跳也加速了，反复做深呼吸，让心情平静下来。树理在车子里的时候也没说半句话。

一进到屋子里，她一把把我紧紧抱住。

“终于做到了！太成功了！”她的呼吸有些急促，会这样也是理所当然的，因为她完成的是一个太重要的任务了。

我把她的手从我的脖子上拿开，看着她的眼睛，红红的。

“真的做到了。但是高兴还要再等一会儿，还有最后的收尾要做。”

“要做什么？”

“反正我先回公司，你好好休息吧。”

“那钱……可以数数看吗？”

“不行，还不能碰！忍不住想摸的话，那就先戴上手套。”

“手套？”

“理由等我回来再跟你说。”

亲了一下树理的嘴，我马上出门。

回到公司，我面无表情地走到自己的座位上。没有人注意到我，去日星汽车开会的那批人好像也还没回来。

打开电脑，想了一下，然后开始打起文章。

葛城胜俊先生：

东西已经拿到手了，只是内容物还没有确认。

在确认过后，会将葛城树理送还给您。

但要是察觉到警方有动作，将取消。

将葛城树理送还给您的方式，日后再行联络。

确认没有打错的地方之后，用人头的电子信箱将信送了出去。确认信已送出后，再把文章从电脑中删除。这个电子信箱今后再也不会使用了。

过了下班时间没多久，小冢一行人回到公司。小冢一见到我，就向我这里走了过来。

“今天委屈你啦！不好意思。”

“不会的。说到这个，你们今天会开得如何？”

“大方向算是决定了，明天开始可就惨啰！”

“但还是要等葛城先生决定吧？因为他中途跑掉啦。”

“没有……他后来回来了！”

“哦？葛城先生？”我的声音突然变了。

“嗯，因为事情办完了吧，在会议快要结束之前回来的，所以开会的内容在当下就得到认同了，还好没有白跑一趟。”

“哦，这样……”

真是难以置信。这么说来，葛城胜俊在一交出赎金之后就马上回到公司。这是怎么回事？一般应该是马上通知警方，然后追踪处理才对，不应该回去开会啊？

“怎么啦？”小冢露出怀疑的眼光看着我。

“不，没事。事情可以顺利进行，太好了！”我应酬地对他笑了笑。

离开公司走在回家的路上，我脑中一直有个疑问在打转，怎样都无法释然。

耳边响起白天葛城胜俊说的话：

做这些事没什么意义的，一开始就没有警察。

我只希望树理可以回来，本来就打算要付钱的！

不用做这些事，我根本就没报警！

葛城再三强调没有警方的人，但是我没有相信他所说的话，即使到现在也不信。但是前后不符的地方也太多了，之前在箱崎交流道时也是一样。

回到家里，树理坐在沙发上看电视。茶几上钞票一沓一沓堆得整齐漂亮，三亿元的数目，果然壮观！

“你没有用手直接触摸吧？”

“我戴了这个哦！”树理把手套捏起来说，“但是，为什么不能用手直接摸呢？”

“钞票上头有没有动什么手脚我们又不知道，譬如，说不定上面洒了一种液体，手一碰到就会被染色，而且要用特殊溶剂，不然去除不了的。”

“有这种东西？”她露出不快的表情看着钞票。

“听说过这样的传言。还有其他的啊，像是抹上经过一段时间以后会变色的药物，如果在不知情的情况下用了这些钱，过没多久，拿到这些钱的人会开始起疑，然后报警。”

“各式各样的花样都有嘛。”

“所以这两三天内不要碰比较好。等时间过了，没有任何变化的话，大概就可以确定是没问题的了。”

“你这个人还真是厉害！”树理说。

她并不是恭维，像是由衷佩服的样子，我惊讶地看着她说：“忽然这样，你怎么啦？”

“你什么都懂，而且还眼光长远。就像拿赎金的事也是啊，又这么顺利。我们几乎没有什么大动作，光用手机就拿到三亿了！”

“不用给我戴高帽子，你该拿的部分又不会少！”我笑着说：“你该拿的部分是二亿七千万，忽然变成一个有钱人！”

“拿这么多，这样好吗？”

“要是从你原本可以继承的数目来看，这大概算少的吧。我有三千万就很足够了。除了玩了一个好玩的游戏外，这算是很好赚的。”

“而且还将了葛城胜俊一军？”

“是啊！”我一边笑着，一边心中却飘过一丝不安。真的是这样吗？我真的赢了葛城胜俊吗？

“怎么啦？”树理注意到我的表情变化便这么问我。

“其实我是想到游戏还没有结束，还没收尾呢！”我竖起食指说，“人质的送还，你！要被塑造成一个被无情的绑架犯监禁，还要协助犯人取赎金的被害人，最后一定要把你送回你亲爱的爸爸身边。”

“下面的这一步，变成个女演员就可以了吧。”

树理显得很有自信地说。

“接下来的演技可是很辛苦的，我又无法在你身边。不论碰到什么状况，你都要一个人撑下去。而且这并不是一时的，而是一生！这一生你都必须演一个被绑架的受害者。”我在她的身旁坐了下来，手绕过她的背，一把把她拉到怀里说：“你应该有这个觉悟吧！？”

树理眨了眨眼，一直看着我，说道：

“你也不想想看我是谁？我可是葛城胜俊的女儿呢！”

“说得也是！”我点点头。

要把树理送回家并不难。只要在一个别人看不到的地方让她睡下，然后通知葛城胜俊就可以了。当然树理不一定要真的睡着，只要演出来就足够了。

问题是在这之后。这可得依靠她高度的演技了。

“警方一定会从你被绑架时问起，”我看着她说，“那是什么样的状况，我们之前也说过了，还记得吗？首先，警方会问你为什么那么晚从家里跑出去，你怎么回答？”

“那天晚上我……”树理一副在回想的表情说，“为了面霜的事和千春吵了一架，然后心情乱七八糟的，想要去常光顾的夜店，因为怕被爸妈骂，所以偷偷摸摸地跑出去。”

OK！记得很清楚，真是厉害！

“可以详细地描述一下当天被绑架的情形吗?”说完我假装拿着麦克风到树理面前。

“就在离开家没多久，有辆车停在我旁边，正想怎么回事，往车子里一看，忽然有人从后面抱住我，刚想要喊叫，他用手帕捂住我的口鼻，之后我就不记得了。”边想边说到这里的时候，她一副想问“如何啊”的表情。

“关键就从这里开始。清醒过来时已经是在罪犯的隐秘地点了，应该会被问到是怎么样的一个地方，这时你如何回答?”

这可是要想一想的地方了。这个部分要是不自然的话，警方一定会怀疑，他们一定多少会想到这是场恶作剧的绑架。随便扯，说不定就会在某些地方出现矛盾。

“眼睛被蒙起来了!”我说。

“什么?”

“你就这样回答，当你醒过来的时候，你的眼睛已经被蒙起来了，什么也看不见。而且手也被绑在背后，就这个样子被丢在床上。”

“那脚呢?”

“没有绑着。”

“为什么?”

“因为没那个必要。看不见、手又不能用的状态，几乎就无法行动了。再绑脚，对犯人来说反而麻烦。每次要上厕所就要又解又绑的！”

“知道了。”她点点头。

“正想要动一下身体的时候，听到了女人的声音——你就这样回答。女人这样说：不要想从床上站起来，只要乖乖听话，我们是不会对你怎样的。”

“哦！好酷呀！”

“是的，是个很豪爽的女人。很酷的女人你会想到谁？”

树理稍稍歪着头想了想，然后说：“江角真纪子。”跟我想的有些不同，不过还可以的。

“好，就这样假设。警方会这样问你，这女人的声音有什么特征，大约是几岁的人，有没有特殊腔调？这时候你注意到她的声音，想到了江角真纪子，你就这样回答警方。”

“要是被问到是曾听过的声音要怎么回答？就回答是江角真纪子可以吧。”

“可以。难道警方还真的会跑去找江角真纪子不成？好吧，就算真的去找也无所谓。”

“那这个酷女人就是看守我的角色啰！”

“看守兼给你吃饭。虽然你没有什么食欲，但这个女人一定要你吃饭，到最后没办法，只好硬塞到你嘴里要你吃下去。因为是在眼睛蒙住的情况下要你吃东西，所以不会给你太烫的食物，而且不容易吃的东西也不行，可能三明治这类的食物还可以吧。只有在吃东西的时候让你的双手自由，但是相反的，这时候双脚是绑起来的。好，我们就这样假设。”

“吃东西的时候手是自由的，双脚是绑起来的……”树理好像在想象这是怎么样的一个状况。

“这个江角真纪子还有一个任务，也就是你说话的对象。她会选择一些与这个案件无关的话题跟你随便聊聊，像是聊明星啦、流行时尚啦或是体育，等等。”

“那有关恋爱呢？”

“这个嘛……”我摇摇头说，“我们这样假设好了，谈到这个话题的时候，她的话变得很少，因为这个女的还有一个同伙，因而警方也会猜测这个女人的情人或丈夫是不是主谋，他们自然会想要知道这个女的说了哪些和恋爱相关的话。如此一来就更麻烦了，会加重你编造上的负担。”

“说得也是，”树理似乎了解地说，“可以问个问题吗？”

“什么事？”

“我上厕所的时候也是蒙着眼睛吗？什么都看不见的情况，要怎么上啊？江角真纪子会帮我忙吗？要是这样，那有点讨厌！”

我点头苦笑了一下。她想说的我也理解，还有一些问题必须假设好。

“这样好了，当你说想要去上厕所的时候，这个女的会拉着你的手去。进到厕所之后，才能松开蒙住的眼睛。”

“两个人都进到厕所？”

“虽然很窄，但没办法。罪犯就是不想让你知道多余的资讯。松开眼睛之后，这个女的马上出去，这是你少有的自由时间。那你就可以慢慢地尿尿或是做些什么。”

“听起来真是恶心，像老头子说的话！”

“你当然会慢慢观察厕所的内部。里面是这样子的，墙壁是水泥墙，有抽风机但没有窗户，灯是日光灯。里头有卫生纸和生理用品。马桶是座式的，也有冲洗装置。”

太好了！树理轻轻地拍了手。没有冲洗的厕所要怎么用，大概也很难想象吧。

“门是木制的，本来应该可以从里面上锁，是那种横栓式的，但是被拆掉了，因为怕你把自己反锁在里面。”

“我记得了这么多吗？”树理皱着眉头，两手握拳抵住自己的头说，“好想写个小抄放身上。”

“警方会问你，当你进到厕所或是走出厕所时，有没有听到什么声音。”

“什么都没听到，这样回答比较没有问题吧？”

我摇摇头说：

“通常眼睛被蒙住的人，听觉会变得比较敏锐。说什么都没听到反而会被怀疑，还是听到什么会比较好些。”

树理忽然啪的一声弹了一下手指说：“汽笛声！”

“嗯，这个不错！”我点点头。这女孩子的反应还真快。

“第一次打电话的时候，在横须贺港不是让他们听到了汽笛声吗？让他们认为隐秘的场所是在港边，所以警方问起的时候，回答汽笛声不是比较好吗？”

“就这样。但要是一直都听得到，那也不太自然。罪犯对于这个声音应该也会注意到的。你就回答听到过一两次，而且好像是在很远的地方。”

“了解。关于声音这样就好了吗？”

“只有汽笛声的话也很奇怪。也有车子经过的声音，因为听不到汽车声音的地方反而少呢。”

“船和汽车。”树理一副玩游戏玩得很乐的表情。

“再有，和你接触的不是只有这个酷女人而已，最少还有一个罪犯要上场，这是个男的。”

“这我知道，是实际取走赎金的现行犯，对吧？”

“现行犯，你会用这么难的词。不过就如你所说的，你最少有三次和这个现行犯一起行动，第一次是最开始打电话的时候，警方一定会要你详细说明当时的情况。”

“越来越麻烦了！”树理露出一个厌烦的表情搔搔头。

“他们这些办案的人可是拼了命的，赎金就这样被拿走，你至少要撑过他们的不断质问！”

“知道啦，那要怎么跟他们说呢？”

“你就回答他们叫我打电话回家，在那时候听到主犯的声音。就像问那个女人的声音一样，警方也会问那个男的声音怎样。”

“这次要说谁好呢？你觉得福山雅治怎样？”

她的眼睛闪烁光芒，或许她是他的歌迷吧。

“我假设的是四十岁上下的人，你有想到什么样的人吗？”

树理转动她那大大的黑眼珠，然后拍了一下膝盖说：

“高三时候的班主任差不多是这样岁数的人，不一定要艺人也可以吧？”

“大概可以，有关最初电话的部分就这样。接下来的比较难，就是箱崎交流道的事。那时候没有理由从隐秘的地点移动吧，对警方来说，他们就是要追根究底。”

“就算什么都说不知道，也是行不通的吧？”

“你的眼睛仍然被蒙住，然后还加上了耳机。耳机里持续播放很吵的音乐。这不用多说，罪犯当然是为了不让你听到其他的声音。你就这样被带上车，然后载到某个地方。你要说你不知道是什么地方，看不见也听不到，想知道也不可能吧。到了那里才拿下耳机，但眼睛还是蒙住的。然后这个男的给你详细的指示，就是那时候我叫你做的那些事。你遵从那些指示，用手机跟葛城胜俊说话。”

“我那时候说话的内容，你不是都写在纸上吗？眼睛被蒙住了，就不能那样照着念了吧？”

“所以是跟着说。主犯说一句你重复一句，是这样子的。”

不管怎样，警方总是会找到我们所利用的饭店。除了那里，没有别的地方可以那样观察箱崎交流道。而且这个饭店的电梯可以从地下停车场直达客房，这样可以避人耳目地带着一个蒙眼戴耳机的女孩子上楼。

刑警会去饭店调查，但是饭店方面不可能注意到我们的真实身份，因为我们也没留下任何资料。

“再就是最后交赎金的时候了。”

“那时候也是蒙眼戴耳机的吧？”

“当然。但是这次就回答是坐在车里头，就在这样的情况下被命令打电话。”

“哪里都不去吗？”

“你只知道车子一直在跑，有时候会停下来，但时间都不长。警方对这样的说法会解释成是罪犯在高速公路上边移动边指示拿取赎金的行动。是从哪里看到驹形休息站或是看到整条高速公路，他们也会搞不清楚的。”

说到这里，我呼地叹了一口气。

“你帮罪犯的忙就到此为止。”

“但实际上还有一个地方啊，最最重要的，也就是拿赎金的那个角色。”

“你没有就素着一张脸出来吧！？”

“我可都照着你说的做哦。穿着带来的朴素衣服，妆也变了，这你是知道的。”

“这样的话就好了，”我很满意地点点头说，“那个人不是你。日星汽车经销商向岛店的中村，把东西交给一位叫松本的小姐，跟你是完全不同的一个人，长长的头发，还戴个太阳眼镜。”

“是这样的一位小姐吧？”她把放在旁边的假发戴上，再戴上一副深色的太阳眼镜。

“跟江角真纪子有一点点像又不太像！”我语带讽刺地说道，然后把她头上的这两样东西拿下来，“这些东西一定要处理掉。还有那个手机，其他必须处理掉的东西还有……”

“我们两个人的过去吧！”说完，树理直视着我的眼睛。

拿到赎金整整经过两天了，钞票都没有什么变化，我诚惶诚恐地摸摸看，也没有发现什么异状。大概没有在钞票上动什么手脚吧。

我把三千万的钞票装到超级市场的袋子里。

“这些是我该拿的部分，所以剩下的就都是你的了！”

树理看着桌上，轻叹一口气说：

“还蛮大一堆的，而且还很重的样子！”

“这也说明了这场赌局有多大！”

我把百货公司的纸袋递给她，她开始把钞票装到纸袋里。二亿七千万！的确是蛮重的吧。

“这些钱，该怎么办才好？”

“你喜欢怎样用就怎样用，这是你的东西了。但是，最好不要花钱太招摇了。”

树理摇摇头说：

“才不是说这个呢，我又不能就这样把钱拿回家。放到投币置物箱？然后等整个事件平息下来之后再去拿出来。”

“投币置物箱太危险了吧。万一钥匙被发现那就玩完了。再说，事情什么时候会平息下来也不知道。保管期限一过，置物箱被打开，那也就完蛋了。”

“那到底该怎么办？”

“有没有隐秘的地方？只有你可以进去，而且是只有你知道，还可以方便出入的地方。要是有这种地方的话，那就可以保管一段时间了。”

她想了好一会儿后狡黠地笑了一下说：“只有一个地方，而且是个好地方。”

“哪里？”我忽然想到了，“你是不是要说我住的这个公寓，但是这不可能吧。你平安回去之后，我们是绝对不能有任何接触的。这是一开始就决定的事了。”

“但是也没有其他更好的地方呀！”

果然，她想到的似乎就是这个房子。

“没办法了！你准备一下出门。”

“去哪儿？”

“跟着走就知道啦，”我站起来说，“二亿七千万不要忘了。”

出了门向停车场走去。看看时间，晚上九点半。

“喂，到底要去哪？可以告诉我吧？”

“横须贺！”

“横须贺？……又要去？”

“你不是有个朋友去美国了吗？叫由纪是吧？你不是去洗掉电话录音的吗？”

啊、啊！树理一副总算了解的表情说：“把钱藏在由纪的房间里，是吧？”

“那是最安全的吧？”

我原本心想电话录音这件事还真是个麻烦，不过现在有这个房子倒是很感谢呢，因为一直在烦恼藏钱的地方。

坐进车里，跟那天晚上一样，车篷是合上的。树理把放着巨款的纸袋很小心地放在腿上抱着。这是支撑她日后人生的一笔钱。

“喂，警方的侦查不知道开始了没？”

“当然！应该是在我们传真出去之后就开始了吧。”

“不知道他们有没有找到什么线索？”

“没有理由找到什么线索的，”我歪着嘴对她说，“硬要说的话也是一些假线索，譬如说，罪犯背后的汽笛声啊什么的。”

电子信件和移动电话的部分是不用担心的。唯一可以称为证人的，只有日星汽车向岛经销店的中村而已。要是树理的话可信，我想，那个男人应该没有可用的情报可以提供给警方。

“不过……有一个确实的线索哦！”树理说。

“是什么？”

“罪犯会说英语，而且是英国腔！”

我吓了一跳，方向盘一下子打滑，车子大大地越过了中线，我急急忙忙把车稳下来。

“你英语还不错吗？”我故作镇静地问她。

“还好吧，不过说真的，我并不知道是什么腔调。就只是觉得好像是英国腔，不对吗？”

“嗯……我也不知道。”我感觉腋下好像在流汗。

她说得没错，我曾经在伦敦待了将近一年，英语能力也可以说是那年训练出来的。听多了的话，或许分辨得出来。

转上高速公路，我们到了横须贺。不久就看到之前去的餐厅，我想起车子被喷漆的事。

“要不要在那里等我？”树理问我。

“不要，那家店的征兆不好，不去了。今天晚上到附近去。”

“附近……”

“由纪住的公寓附近。这么重的东西拿着走，很累的吧。”

“我是无所谓。在公寓附近等的话，又是这种车，太醒目了吧！”

“你醒目才比较可怕！只是把东西放到房间里而已，停一下不会被怀疑的，告诉我怎么走。”

“啊……嗯……那下一个路口右转。”

“右转哦。”我打了方向灯，进入右转车道。

但是从这里开始麻烦来了。树理不记得到底怎么走，一下子转错弯，一下子又路不对。结果转来转去到达的时候已经花了三十分钟。没有开车来过，树理是这么说的。

“就算是这样，那也太离谱了！算了，是这栋公寓吧？”我看着右侧的道路说道。是四层楼高的白色建筑物，房间数并没有那么多。就快要十二点了，还有一半以上的房间灯是亮着的。

“嗯，那我上去啰。”

“小心点！”

我坐在车子里目送树理搬着重物的背影。还好四周住家不多，时间也晚了，似乎也不用担心会被撞见。

我呆呆地望着公寓，忘了问树理是几楼几号，也不知道她打算上到几楼。四楼的公寓，说不定没有电梯呢。把东西搬到四楼的话，也不是件轻松的事。

大约过了五分钟，心想真是奇怪了，没有新亮灯的窗户。由纪的房间应该是暗的，树理一进屋应该先开灯的，还是说从这个角度看不到她的房间？

过了五分钟，树理走了出来，小跑穿过马路，跑向车子这边。

“久等啦！”坐进车子时她这么说。她的呼吸有些喘。

“顺利藏好了吗？”说完，我发动车子。

“嗯，完美无缺！”

“由纪的家人不是也会来吗？”

“这你放心。她说绝对不会有这种事发生。我把它藏在一个不太容易找得到的地方，就算有人进去了也不会轻易发现的。”

“由纪的房子有那么大吗？”

“才不是这样呢，是因为她的家具放得乱七八糟的。”

“有几个房间？”

“啊？”

“由纪住的地方有几个房间，是单一套房还是怎样的？”

“哦！嗯……是套房，怎么了？”

“没什么，我只是在想，这附近的年轻人都是住怎样的房子。”

我心想，要是套房的话，开了灯外面应该看得出来。

开了一段路后，树理说：“喂，想不想去那里？”

“哪里？”我踩了刹车。

“那个地方啊！应该记得的吧？上次来的时候去过了啊。”

“啊……啊……”我当然没有忘记。

“为什么要去那里？”

“因为……今天是最后一天了，我也必须回家的，我们再也不会见面了吧！”

我沉默不语。她说得一点也没错。原本就考虑在今天晚上把她载到某个地方，然后通知葛城胜俊。游戏结束！

“所以在最后，我才想再去这个有着回忆的地方看看。”她好像在对着空气讲话，大概是因为觉得不好意思吧。

我放开刹车踏板，横须贺是个制造假证据的地方，所以不要久留比较好。但又想再待一下也好。就像她说的，这是最后一夜。

把车停在三浦半岛前端的山丘上，已经是三十分钟以后的事了。和那天晚上一样，车顶篷全开，呼吸着含有草香味的空气。身旁的树理也深深地呼吸。

可惜的是天空布满了乌云，今晚看不到星星了。

“时间虽然很短，但是非常有趣。”树理看着我的脸说。

“是个惊悚的游戏吧！”

“明天之后，似乎又是无聊的每一天了。”

“不会吧。都说过几次了，你还有好多事要做呢。”

“像那样的事和现在做的事比起来，根本没什么大不了的。”

“真是有出息！”我笑着说。

“佐久间先生，”她的眼神散发着真挚的光芒说，“这一段时间，真的谢谢你了！”

“还不到让你说谢谢的地步呢。我也很高兴这次可以玩得这么愉快，好久没有感受到这种真正一决胜负的快感了！”

“也赢了这场比赛？”

“说得没错！”

我们两人互望着笑了出来。

“不过真的谢谢你了。因为你的出现，我从现在开始可以继续活下去。”

“这样说有点过头了。”

“这是真的……你无法了解我现在的心情。”她歪着头说。

我们凝视对方，然后接吻。她的唇是那么柔软，是完全的湿润。我感觉到自己勃起，但并没有想要把手放到她的内裤里。不管什么时候，脱身的时刻是最重要的。两个人的关系到此一定要断得一干二净，对于舍不得的心情一定要小心谨慎。

但是到了最后，我终究是再一次把树理紧紧抱住。她在这短短的几天里，似乎瘦了一些。两人身体分开时，她又轻轻地说了一声：“谢谢你！”

从湾岸大道的大井南出口下来，开往品川车站，但我并没有停在车站前，而是停在左侧可以看到大型饭店的地方。

“好啦，最后再复习一次好了。”我说。

“还要？真的是非常啰唆。”树理苦笑着。

“这个啰唆可是救命绳呢，不要抱怨，快快说一遍！”

“我醒过来的时候……”树理的眼睛看着远处说，“是昏睡在车子里的。大概是奔驰车吧，手脚也都没被绑住，也没有其他人在。然后我就下了车，头昏昏沉沉的，但是要逃也只有趁现在这个机会了，于是开始拼命跑，所以也没有多余的力气去记车牌号码。怎么看都像是在停车场，而且是饭店的地下停车场。我搭电梯到大厅，因为是半夜，所以一个人也没有，然后从玄关大门走了出来，走向计程车招呼站。也没有想到身上是不是有钱，只是想反正先回到家总可以解决的。”

她笑一笑看着我说：“有不对的地方吗？”

“没！Perfect！”我做了个OK的手势说，“信有带着吧？”

“嗯，你放心！”

我让她带了一封信，在信里我用电脑写了以下的内容。

葛城胜俊先生：

谢谢您的赎金。依照约定，送还葛城树理。

我们对她没有任何的暴力行为，这可以从她本人口中得到证实。这次交易的评价可以说是相当有效率的。

这是个相当愉快的游戏。到此为止，今后再也不会有任何的联络。我向您保证，再也不会选择大哥您作为游戏对手。绑架人上。

“那……差不多该分手了。”

“嗯，保重！”

“你也一样，加油！”

我们握了手。树理看着握着的手下了车。谢谢、再见——相互说完以后，她把车门关上，我开动车子。

前方的都会夜景在眼前展开。

好久没有在星期六约会了。今天约会的对象是二十四岁的会场接待小姐。请她吃意大利料理，虽然在饭店的酒吧喝了几杯鸡尾酒，但没有进展到住宿饭店的地步。如果真想这样做的话，我想饭店也没空房间了吧。在有自信把得到美女的时候，我一般都会先预订一个房间备着。但是那天晚上并不想。并不是没有自信，而是总觉得有些麻烦。

老实说，我对这位会场接待小姐也没有特别的期待，约会的对象是谁都好。就是因为这种心态，吃饭的时候也没特别的愉快，谈话也没特别有兴致。她大概也觉得奇怪，为什么要约她吃饭，她到最后应该也没搞清楚吧。

树理的事一直在我脑中盘旋。在那之后事情变得如何了？有一点不可思议的是，媒体上完全没有关于这件案子的报道。世界大企业日星汽车副社长的爱女遭绑架，而且就这样被取走赎金。发生了这种事，一定会引起媒体的大肆报道，想要封锁报道是很难想象的。而且肉票也被平安释放了，对警方来说更是可以肆无忌惮地公开调查，这样不是更会积极利用媒体吗？

和会场接待小姐分手后回到家里，我打开电脑上网，进到 CTP 车迷俱乐部网站。在成功拿到赎金后，再也没上过这个网站。

打开公布栏，毫无关系的文章一大堆，当然这和树理没有任何关系，有的仅是对车子的一些评论。

我停下移动鼠标的手，因为我看到了这样的一篇文章。

拜托！（Julie）

我的爱车到底是怎么啦？我钱都付了，却没有任何联络，到底是怎么一回事？

是车主的你，要是看到这篇留言，请联络。拜托！

这到底是怎么一回事！？

一看留言日期，是昨天晚上。这篇留言的意思是赶快把树理送还吧。但是她应该已经平安回到葛城家才对呀！

还是说这是个陷阱？

有这个可能。假装树理没有回来，看看罪犯这边会有什么回应。

但是，就算树理没回家，跟罪犯一点关系也没有啊。还期待罪犯会有所联络，那就太天真了！事实上，我现在也完全不会想要再有任何的动作。

说不定树理是真的没有回家。

这个可能性比较高。我载她到品川的饭店附近而已，她不一定会搭上计程车。不！就算她搭上计程车，也不知道她是不是回家去了。她说她讨厌葛城家。手上有了一大笔钱，我想，会不会就这样消失了？

要是这样，那可就非常糟糕了！就绑架案件里的被害人心理而言，通常在被释放后，应该都会先想要回到一个可以安心的场所才是。就算是待得再怎么不舒服的家，对树理来说，也只能回葛城家，而没有其他地方了吧。

树理要是就这样行踪不明的话也无所谓了，真相就永远被埋葬了。但是这应该很难吧？快满二十岁的小女生，有办法就这样隐姓埋名吗？就算身揣巨款，既没有身份证也没有户籍的情况下，她打算怎么继续她的下半生啊？

这种情况一直持续下去的话，警方一定会开始公开调查。树理的相片应该会出现在全国的每个角落，然后电视上也会不断重复报道。就算树理躲起来，她也不可能不出门，不可能不跟人接触，一定会被找到的吧。

被警方找到后，她打算怎么演呢？从那一刻开始，我想她一定会把我传授给她的台词说出来。但这样做应该也没什么意义了吧？警方一定会怀疑这是场恶作剧的绑架。在警方持续咄咄逼人的质问下，我不认为树理会受得了，她迟早会把我供出来的。

这让我坐立不安，我拿起外套往外冲，醉意一扫而空。

我驾着车再度开往横须贺。树理可以藏身的地方，除了那个公寓以外，再没有别处了。赎金也是藏在那里。

在高速公路上奔驰时，我把处理顺序在脑袋中整理一次。先决条件就是先找到树理。找到了该怎么办？不管怎样必须先抓她回家再说。对于监禁时间过长一事，只能编个说词来解释罪犯的态度问题了。

要是树理已经和某人见面，那就完了。我想她不可能笨到那种程度，但要是如此，该怎么处理呢？我的脑子全速快转，但想不出好方法来，只能祈祷她没有跟任何一个人碰面！

到了由纪的公寓。我把车停在稍远的地方，走路过去。在这地方鬼鬼祟祟的很危险，把树理放在这里更危险，再怎么样都非得把她带回家不可。

我边确认周遭没有人，边慢慢走近公寓。半夜了，应该不会有管理员。问题来了，我不知道房间的号码。我知道的就只有她叫做由纪而已。

公寓玄关的玻璃门是开着的，好像不是自动锁上的门。跟预料的一样，管理员不在。一整排信箱在右侧，有的有写名字，有的没有。就算有写，也只是姓，没什么帮助。

我一边注意四周，一边从一端开始把手伸入信箱，用手指去挟取，但没有任何东西在里头。是星期六晚上的关系吧，信箱里的东西都拿走了。

移到下一个信箱，这次挟到东西了，把东西挟出来，是明信片。收件人是山本薰，看起来不像是由纪的信。

再伸进下一个信箱。这样做是不是能解决问题？我心里开始有些不安起来，但眼前也只能如此了。

手指头碰到东西了，我很谨慎地把它挟上来，这次是一封信。

松本哲也先生启。

这个也不是，把东西丢回信箱。就在那一瞬间，突然想到一件事。

你不来会比较好，因为这是女性专用的公寓……

树理的确是这样说过的。

成功拿到赎金到今天已经十天了，我的生活也恢复到绑架游戏前的正常步调，早上起床，做简单的体操，吃过早餐后出门。在公司把无聊的事做完，回家前去健身房。打算这个周末找人约会，这次想要有个快乐的性爱，所以需要先预订一个合适的饭店房间。

确实是安稳的每一天，但无法说是连心里都安稳。树理的事还是挂在心上，为什么完全没有任何的报道？我不认为警方有限制媒体的必要。更何况CTP车迷俱乐部的留言也令我在意，因为最后的留言，完全显示出树理还没回家的意思。后来情况到底如何？在那之后也没有再看到新的留言了。

树理要是回到家那就算了。没有任何报道，或许可以这么想，是葛城胜俊运用他的力量堵住了媒体的嘴。要是被知道有一个花样年华的女儿被绑架的话，一定会有一些对肉票是否遭到侵害等等恶意的推测。但是我总觉得事情似乎没有那么乐观。

让我觉得不安的原因之一是之前那个横须贺的公寓。照树理所说，她的朋友由纪租赁的好像是女性专用公寓，但一经调查，也住了一堆男性，而且有一部分还是某钢铁公司的宿舍！之后也向管理员询问，但管理员说并没有那样的套房。

树理为什么要说谎？

我试着回想，她说那是女性专用公寓时，内容大致是这样的：

“你不来会比较好，因为这是女性专用公寓，你在横须贺港看船等着就好啦。”

也就是说，她并不想让我跟着，一时之间不得不说出那样的谎言。她为什么不让我跟着？

我又想起最后一晚，再次到横须贺的时候。那时我也一起跟着去公寓，但是她带路时却是那么不确定。从出发到找到公寓，迷路迷得离谱，为什么会这样？

她可能只是随便找个公寓而已吧，我这样推测。她无论如何都不想让我去由纪住的地方，然后就在附近找个很像她说的那样的公寓，也就是说她在骗我。那个公寓既然不是女性专用的公寓，所以没有单间套房的事也就吻合了。这个说法既然吻合，新的疑问又出现了，为什么进展到这种程度了，却不让我去由纪住的地方呢？还有，她那二亿七千万藏到哪里去了？

由纪的公寓里是不是有什么秘密不想让我知道，而且有必要坚持不让我到公寓的建筑物前吗？

想到这里，让我对一个根本问题起了疑心，到底由纪的公寓是不是存在？不，究竟叫做由纪的这个朋友是不是存在？

树理说出这个名字是在游戏刚开始的时候。坦诚打电话到朋友住的地方，在答录机里留言。我提议游戏中止，但她说去朋友的住处把电话留言洗掉就好了，所以才特地开车到横须贺。

要是根本就没有由纪这个人的话，那么电话留言的事也是个谎言，她为什么要说这样的谎呢？

可能的情况只有一个，那就是想要我去横须贺，大概就是这样。但这又是什么用意呢？事实上我是利用横须贺好精密地假造一个罪犯的藏身之处，但这是我想到的，并不是树理提议的。而她提议的也只是去那个可以看到星星的山丘而已。那代表什么意思？为什么那样做？

再怎么想，我都不认为由纪的事是捏造出来的。那么公寓谎言一事的理由何在？我的思考一直在这里打转，虽然想找出答案，但完全像迷了路一样。

令我不安的原因还有一个，那就是葛城胜俊。

从日星汽车新车宣传活动相关的同事那里听说，葛城胜俊从上星期起完全没有出席会议，而且传说连公司都没去呢！我跟他玩游戏的时候，他完全不动声色，但为什么在游戏结束时却不去公司了呢？

葛城胜俊、树理父女两人的脸交相浮现在我的眼前，无法了解他们两个人在想些什么，而我却只能无力地被这样的状况追着跑。

“对不起，能不能把左手再抬高一点？啊，就这样。差不多这样就可以了。”满脸胡子的摄影师站着不断地按下快门。

被拍的是最近活跃于海内外的人气职业高尔夫球选手，他正拿着推杆，做出推杆进洞的动作。他似乎习惯了面对摄影机，表情少有不自然的地方。这样就安心了，摄影不至于会花太长的时间。

这是德国某钟表厂商出品的手表的宣传印刷品拍摄现场。想要表现产品的耐冲击、耐强震，所以请来高尔夫球选手。他们想要表现的是，在强烈的挥杆下手表完全不受任何影响。

拍完照之后是访问。访问内容是高尔夫球选手戴着手表打球时的感受如何。当然不是由我来问，而是撰写文稿的人来采访。访问在摄影棚的咖啡厅里进行，在这个时间里我则盯着拍手表单品的情况。

这边拍完的时候，访问也刚好结束。把高尔夫球选手送出大门玄关后，我们开始讨论访问的内容。撰写文稿的人长长的头发打扮得很年轻。谈了一下之后，发现她想写的文稿内容重点有些偏离，我只好详细告诉她该写哪些重点。她有些不太高兴，然而想表现自己文才的文章，对我们一点用处也没有。

“佐久间先生一点都没变，嘴巴还是那么辛辣。那个撰写文稿的人很想写这个高尔夫球选手最原本的面貌，所以采访的重点也都放在那上面。”在回公司的车上，山本握着方向盘一副怪怪的表情说着。

“对我们而言那么重要的广告，哪能任由这种人的喜好来啊！大概啊，像这种人也想要成为非虚构类的作家吧。连工作重点都不晓得的人，是不太可能会冒出头的啦。”

“哈哈！这样说也是，”山本很奇怪地笑完后，压低声音继续说，“对了，佐久间先生，你听说了吗，关于葛城先生的事。”

“葛城先生？葛城副社长吗？”我大吃一惊地问道。

“嗯，当然。他的女儿，好像碰到什么麻烦事了。”

我的心跳更快了，将呼吸调整一下问道：

“发生什么事了？”

“我也不太清楚，好像是失踪了吧。”

我面向山本，要是他也转头看我的话，说不定会发现我脸色的变化。不过还好，他一直看着前面。

“失踪！怎么说？”我的声音有些急躁。

“详细情况还不清楚，我也是从别人那里听来的，因为这也是日星汽车内部的谣言，不过好像还蛮有根据的，葛城先生没去公司好像也是为了这件事，在考虑到底要不要报案找人呢。”

“怎么会有这样的谣言？是葛城先生对谁说了吗？”

“应该是跟谁说了吧。如果谣传是真的话，嗯……”

“你什么时候听到的？”

“今天早上，就在要离开公司来摄影棚之前。本想跟佐久间先生确定一下是不是已经知道了，可是一忙也就没空问了。看样子，你是不知道。”

“完全不知道。”

“是啊，不过就是个谣言啦。”山本不知道自己说的事情的严重性，一副事不关己的表情继续开车。

还好没有在拍摄时听到。要是在工作中听到的话，恐怕我会无法进入状态，也没有办法冷静地告诉那个无能的文稿撰写人那些东西不行，等等。

山本开始说一些其他的事，我只是随便应付他一下，脑中想着树理的事。她失踪？真的没有回家？那会在哪里？

品川车站分手的光景在脑海中浮现。在那之后她去了哪里？是被谁侵害了？可能吗？在恶作剧的绑架后，这次难道真的被人绑架了？那也太像电视剧剧情了吧?!

原本就是她自己有意要消失的吧，这样想心里觉得比较安心。消失到哪里去了？想到这里，我还是对由纪的公寓这个最关键性的地方耿耿于怀。

如果我这样想呢：其实一开始树理就已经想好了这个剧本。

她搭上了我的游戏，然而她并不想完全照我的话去做。即使最后拿到了钱，她也不想回家，打算隐藏自己的行踪，但是到完全安定下来之前，她必须先找一个容身之处，所以借用了朋友的住处。也因为这样，所以不能让我知道详细地点。她认为要是我知道的话，在得知她没回家时，我一定会去找她。而事实上我也去了横须贺。

这个推论暂时可以说得通，只是仍有几个疑点。要是这个推论是正确的，她就没有跟我说明由纪住处的必要了。不对，就算是这样，那时候就不必急急忙忙赶去消掉电话留言了。因为，若只是打算作为事后的藏身之处的话，届时再把留言消掉就好啦。

大概是我一直在心里这样自问自答了好一段时间，一路上山本也不再说话了。

回到公司，进到办公室时吓了一跳，竟然没有半个人在座位上。

“哎哟！这是怎么一回事啊？”山本的声音显得有些困惑。

认为大家都不在其实是种错觉，原来大家都聚集在角落边。那里摆了一台电视，电视机前面围满了人，几乎完全看不到电视画面了。

山本问一个站着的人说：“发生什么事了？”

“喔，大事件喔！那个谣言果然是真的！”

“那个什么谣言？”

“葛城先生的女儿啊！失踪啦！而且好像已经超过十天了。”

“唉！”

山本拨开其他人往前走，我跟在后面，总算看到电视画面了。但是上头只有正在报道其他事件的播报员的画面。葛城树理的事件好像报道过了。

围着电视的同事一一回到座位上，每个人口中各自说着自己的观感。

“葛城先生也无法工作了吧。”

“之前就觉得怪怪的，我还纳闷那个人怎么会不来开会呢。”

“日星的股价，因为这个事又要下跌了吧。”

“会是怎么一回事？离家出走吗？”

“要那样还好，难道说被杀了不成？”

说出这骇人听闻的话是杉本。我抓住他的肩膀问：

“喂，说清楚一点吧，葛城先生的女儿到底是怎么一回事？”

杉本看到我的反应有些惊讶。

“几天前失踪的，之后警方开始搜查。”

“搜查？什么样的搜查？”

“我哪知道啊？其他的电视台大概还在报道吧。”杉本一副不耐烦的表情回到自己座位。

突然，坐在后面的山本叫了一声。电视频道一直在切换，画面上的播报员跟刚刚的不同。日星汽车副社长的千金行踪不明，字幕上这样写着。

女性播报员的报道和杉本所说的差不多。目前得知葛城胜俊的长女树理行踪不明，警视厅和大田警察局推测可能卷入某些案件，已展开调查……

某些案件？

这是怎么回事？为什么不明讲是绑架呢？不，比这个重要的是树理行踪不明的事。她到底做什么去了？

可是下一秒更是让我心惊胆战！电视画面上出现了一个女性的脸，好像是快照之类的照片，照片底下写着葛城树理小姐的文字。

女性播报员继续播报事件的内容，但是我已经听不见她在报道什么了。要是身边没有任何人的话，我一定会对着电视机大吼！光是压抑住这个冲动，知道需要多大的努力吗？

电视上的葛城树理的脸，不是我所认识的树理，而是一个完全不认识的人的脸。

虽然有一种想喝酒的心情，但我哪里也没去便直接回家了。因为怕一喝醉会不小心说漏了嘴。今天晚上对自己的情绪控制不是那么有自信。

回到了家，拿出波本酒，不加冰块直接喝。心脏的鼓动仍旧激烈混乱，这就是所谓的心惊胆战吗？如果是的话，大概喝得再多也无法消解吧。

电视画面的烙印在脑海中挥之不去。画面上葛城树理的脸到底是谁？为什么别人的脸以树理的名字公开出现呢！？

但是在那之后的几个新闻节目上所看到的都是同一张脸。要是错放了别人的照片，一定会即时更正的。

也就是说，那就是葛城树理。

所以这几天跟我在一起的女人不是树理。如果不是她的话，那会是谁呢？为什么要用树理的名字呢？

我在思索到底有没有办法确认她是不是真的树理时，总算想到了一个，那就是说话的声音。

为了掌握警方的行动，我们利用了箱崎交流道。那时候利用树理来控制葛城胜俊的行动，拿赎金的时候也是。葛城和树理说话的时候，似乎没有任何的怀疑，就算声音只有一点点像，做爸爸的也不可能认错自己女儿的声音才对，除非他惊慌失措。但是就我所看到的葛城胜俊，并没有失神，即使是拿赎金之前也一样，很镇定地接受及回答我的各项指示。

若是如此，那电视上所公开的照片是错的吗？葛城胜俊特意用别人的照片来公开，有这个必要吗？

不对，这样还是无法解释得通，看电视的又不是只有我一个人，树理的朋友也会看到，照片要是别人的话，这些看到的朋友一定会马上打电话到电视台。

“树理，树木的树，理科的理。”

我想起她最初说出她名字的时候，确实是这样说的，但这就是谎言吗？谎言也是在那个时候开始的吧。

那么，她到底是谁呢？

也不知道倒了多少波本酒到胃里头了，可是一点醉意也没有，只是脉搏加快而已，徒增不安的情绪罢了。

我回想和她一起度过的时光，时间虽然短暂，却发生了许许多多的事情。连恶作剧绑架这种大游戏都玩起来了，而这个伙伴的真正身份，到了今天却不明不白，这到底是怎么一回事？

不知道、想不透的事情还不止这个。总觉得真正的葛城树理失踪的时候，好像就是我遇到假的树理的那一天晚上。真正的树理不知道消失到哪里去了，而那天假的树理的离家出走是偶然的，还是必然？

脑袋里一片混乱！找不到一个可以解释个中缘由的答案。

到底喝了多少酒自己也不知道，恢复意识之后，发现我是横躺在沙发上的，灯一直亮着，波本酒的空瓶子倒在一旁。光线从窗帘的外面照射进来，我看了一下墙上的钟，跟平常醒来的时间相差不超过十分钟。在这种状况下还能醒来，这就是所谓的习惯成自然吧。

慢慢爬起身来，头剧烈抽痛，喉咙也干渴得不得了。走到厨房打开冰箱，拿起矿泉水就对着嘴巴猛灌。有点头晕目眩，整个人靠在冰箱上。

视线停在电磁炉上的大锅子，想起树理曾用它来煮浓汤。渐渐地想起她所说的许多事情，哪些是真的，哪些是假的，还是说全部都是假的？现在的我也无从判断了。

回到沙发上，打开电视，早上不管是哪一台都是重播的新闻。迷迷糊糊地看着新闻时，我也总算把这次的事件报道搞清楚了。日星汽车副社长爱女失踪，在这样的标题后打了一个问号，接着写的是：还是离家出走？

然后又出现我没见过的女人的照片。行踪不明的葛城树理小姐，电视这样报道着，新闻播报员的报道内容没有什么新的消息。好像也没有葛城家的人出来说话。对方是电视台的最大赞助厂商，可能也是因为这样，要采访多少有些避讳吧，其中似乎也传达了无法得到更进一步的情报资料而感到气愤的情绪。

说不定他们对媒体隐瞒了绑架的事实，这种做法多少可以理解。对警方来说，他们也不愿意一开始就报道赎金已被成功取走的消息，要提到这个部分，恐怕也要等抓到罪犯才会说吧。但是公开侦查的确需要媒体的助力，所以才单单公开行踪不明的消息而已。

我心想，从电视到各媒体，今后会怎么追踪报道这个事件呢？媒体不会笨到只是被利用而已，他们应该也会察觉到，这并不是单纯的失踪事件而已。媒体一定会开始探索葛城家的内情，而葛城胜俊的女性关系迟早也会一一曝光，树理并不是现任妻子的女儿也会成为众所皆知的事，这正是八卦新闻的好题材！如何报道而又不会触怒最大的赞助厂商，就看各电视台的功力了。

不对——

那个故事是否可信呢？毕竟说这个故事的人本身就是假冒的，所以才能急中生智编造出那样的谎言。什么扭曲的血缘关系，什么复杂的人际关系……

就在这个时候，有一种假设在我的脑海中浮现了！

当天下午，我去了赤坂，坐在面对外堀大道的咖啡店里。过了下午两点十分左右，看到玻璃门外汤口大介胖胖的身躯，汤口也马上看到我，轻轻挥着手走了过来。

“对不起让你久等了。”

“不会不会，我临时把你找出来才不好意思呢。”

汤口在这附近的电视台工作，是我大学的学弟，也只有一次一起工作的经验。

他点了咖啡，我也再续了一杯咖啡。

彼此互相聊了一下近况之后，我才开始进入主题。

“对了，刚刚在电话里拜托你的事，有什么眉目了吗？”

刚一问他就皱起眉头说：

“我们内部好像也做了许多调查，只是葛城家和警方口风都很紧，好像怎么查都查不出个所以然来。”

“但是并非所有的消息都上了电视新闻吧，现在应该有一些还没公开的内容，不是吗？”

我向汤口打听葛城树理失踪的事。我事先跟汤口如此说明：我们公司最大客户日星汽车的副社长家里发生事情，我们希望能早些搜集到相关的情报，而汤口也毫不起疑。

“新闻组的高层可能听说些什么也不一定，可是没有传到我们底下的人员这里。那……基本的资料佐久间先生应该是掌握得很清楚了吧？”汤口边说边拿出他的记事本。

“事情的大概而已啦。不过还是希望请你将整个经过再告诉我一遍。”

“没问题的。嗯……首先树理小姐失踪时……”

汤口把记事本里的东西念出来，不过也没有什么新的内容，我只是装作很有兴趣地继续听着。

“关于绑架这条线索呢？有吗？”

“还不明确，不过我想大概没有。”汤口有些肯定地说。

“怎么说？”

“我们就只在这里说，”他看了一下四周，把身体靠近过来，“记者俱乐部里的人说啊，警视厅负责绑架案的人员并没有动作，要是绑架案的话，宣布树理小姐失踪时，也就是十天前左右，就应该有动作的啊！记者俱乐部的人不可能不知道。虽然现在警方已经开始有动作了，但诸如几位刑警到葛城家戒备或搜查等这些动作好像都没有。”

“失踪当时，警视厅绑架组的人没有动作？这个是真的吗？”

“是啊，他们是这么说的。”

我突然想到什么了。警视厅没有动作？没这种道理！葛城家的女儿被绑架，就算动员最大的警力搜查也一点不为过。守在警视厅的记者们不可能没有察觉。

要是汤口所说的是事实的话，那么只有一个可能。葛城胜俊本身再三强调他并没有报警，报警是在赎金被拿走以后的事。而且是在经过了一段时间树理仍然没有回家，实在忍无可忍了，他才这么做的。这种可能性较高。

为什么不报警？我想应该是担心报了警被罪犯知道的话，会危害到树理的生命安全。

“说来很妙，”汤口继续说，“照记者所说的，葛城先生报警这件事，还是这几天的事呢。为什么不在一失踪时就报警，大家都满脑子问号。”

“葛城先生没有说明吧。”

汤口突出下唇摇摇头说：

“要求说明时，他完全拒绝采访。‘除了已经报道的之外，也没有再多做说明的必要。’他只发表这样的一般声明。”

我在心里想着，双手交叉于胸前。为什么葛城胜俊对于这件绑架案完全不借助警方的力量？只考虑付了赎金之后女儿回来就好，报警等那之后再说？

我在心里否定这个想法，没有理由这样做。我不认为葛城胜俊会屈于胁迫。他有玩游戏的自信，知道如何与罪犯玩攻防战，没有理由一开始就举白旗。

这中间一定有鬼，假的树理一定跟这个大有关连！

“葛城的家族成员有没有调查出来？”

“啊，这没那么困难，已经查出来了。”汤口拿出新的资料放到我面前。

上面写着一排名字，葛城胜俊、妻子美子、长女树理、次女千春。

“原来还有一个女儿啊。”我看着资料，装作不经意地问。

“是的，现在就读私立高中，是高三吧。”

“高三……哦，哪一所呢？”

“全名是……”汤口把校名说了出来。是有名的私立女子大学的附属高中。

光问葛城千春的话会显得不自然，我也问了树理和夫人的一些事，可惜汤口也不怎么清楚详细情形，我知道的可能还比较多呢。

“长女行踪不明，太太和妹妹也不太好受吧。”

“听说妹妹好像受到很大的刺激。不管怎样，姐姐失踪后就一直卧病不起。”

“卧病不起？千春小姐？”

“是的。有些媒体一打听到葛城家的一些隐私和内幕便冲到千春的学校，但是千春早已请了病假，而且是十天前开始请的。不全是为了躲媒体，真的是身体不舒服的样子。”

我极力不让自己在汤口的面前显得神情有异，只觉得喉咙很干，一口喝光杯子里的水。

“这个……可以给我吗？”我伸手去拿资料。

“请拿去。这对佐久间先生也有很大的影响吧，在日星汽车新车发表活动前发生这种事。”

“是有半路被打断的感觉啦。”我并没有说我已经被排除在这个案子外了，也没有说的必要。

跟他客气地说了百忙之中还麻烦他，我便拿起账单站起来。走出咖啡店我拦了一辆计程车，说了公司的地址。车子开动时拿出刚刚汤口给我的资料。我看着，然后改变了心意。

“司机先生，不好意思，改去另一个地方，麻烦你往目黑方向走。”

“目黑？靠近目黑的哪里？”

我告诉他女子高中的校名，司机好像是知道的。

不用说，这所女子高中是葛城千春就读的学校。

我在看得见学校的前面数十米的地方下了计程车。放学的时间已经过了吧，只有三三两两的学生走出校门。

前面有家小书店，我假装站在书店看杂志，顺便观察物色一下适当的女学生。这是一所外界公认的富家千金的学校，但是她们也染头发，模仿有名艺人的化妆，和一般高中女生没什么两样，恐怕校规也是松了很多吧。

学生少了些之后，有两个女孩走过来，两个都染了咖啡色头发，想必她们走在热闹的地方，大概平均一小时就会被拦一次吧，脸长得颇不赖的，大概她们对于自己的长相也很有自信。我下了决心，走近她们。

“对不起，打扰一下！”

我笑着跟她们打招呼，两个人同时停下脚步，一脸惊讶的表情。

“我不是什么奇怪的人，事实上是做这样工作的人。”

我拿出名片，和汤口不同的某电视台的名称，对高中女孩来说，这是最佳武器了。

跟我预期的一样，两个人同时露出好奇与期待的表情。

“有点失礼啦，想请问一下你们现在高几？”

“高三。”

被我猜中了，我在心里暗笑。

“现在有时间吗？想请问两位一些事情。”

“嗯……什么事情呢？”果然是左边的这位开口。

“高三生有一位叫做葛城千春的同学吧。她的姐姐行踪不明的事，不晓得两位知不知道？”

“哦！知道啊，学校里大家都在谈论呢。”

“葛城同学现在请假中，这是真的吗？”

我一问，右边的那一个马上跟另一个耳语一番，两人的表情跟最初的时候有很大的不同，也就是说起了戒心。

“我们跟她不同班，”左边的女孩说完把名片还给了我说，“我们被警告不能对外说些有的没的。”

“啊……那可以告诉我葛城是三年几班的吗？”

但是两个人只是挥挥手快快地从我面前走过。

之后又找了三个人问，结果都差不多。只问到葛城树理是三年二班，想再多问一些，每个人都是怏怏躲闪。学校也考虑到媒体会到学校来，紧盯着学生不要做出不当的发言。

在这个地方做些奇怪的事，要是被校方知道了也麻烦。但我就是想要搞清楚一些事情才甘心。

我把地点移转到目黑车站。因为是私立学校，所以大部分的学生不可能走路或骑自行车上学。只要看制服就知道是哪所学校了。

在便利商店我一下子就看中了一个女孩子，长得高高的，长长的头发，她正在看杂志。我从旁边靠近她。对不起，跟她打了个招呼。长发女孩皱着眉往这里看了一眼，很明显有警戒之心。我想大概无法用刚刚的方式了，便放弃搭讪的手段。

“我是追踪日星汽车副社长女儿失踪案件的人，可以问你一些话吗？”我小声单刀直入地问。

长发女孩的表情马上起了变化，但没什么戒心，相反，还露出关心的眼神。

“关于这件事已经知道些什么了吗？”她反问我。

“没，还没有什么……警方也不愿把消息放出来。”

“是哦……”她眼睛看着下面。

“你和千春同学是……”

“同班同学。”

我大大地点头，好运来了！总算达到目的了。

“要不要找个安静点的地方谈一下？五分钟十分钟也可以。对了，我是做这个的。”给她看了名片。

“是电视台的人啊，不过我想我也说不出什么特别的事吧。”

“没关系，只要跟我说说有关千春同学的事就可以了。”

她看了一下手机，好像在确认时间。一下子把手机合上，点点头说：“三十分钟左右应该可以。”

谢谢，我说。

便利商店旁有家速食店，我们走进店里，在二楼窗边坐了下来。长发女孩买了冰淇淋，我则是一杯咖啡。

依她所说的，千春开始休息的时间果真是和我遇到树理离家出走同时。她请的是病假，却没有说明到底是生了什么病。

“班主任只说身体不好恐怕要休息一段时间而已。不过老师大概也不知道是什么病吧。后来去教室问，也是歪着头说不太清楚，我想那应该不是演戏吧。”

“老师有去问葛城同学家里的人吗？”

“或许有吧。但是应该不会告诉老师吧。毕竟事实上是因为姐姐失踪，受到重大刺激才卧病的，不是吗？这样的事情，对她父母来说也很难说出口吧。而且在她姐姐失踪的时候，好像也还有所隐瞒。”

我差点呛到："是谁这样说的？"

"大家私底下都在讨论啊，说事实上是绑架。"

"谣言从哪里听来的？"

"不知道。不知不觉话就这样传出来了。喂，这是真的吗？"

"警方也没有这样发布呀，至少我也没有听说。"

"是不是那个叫做什么的协议？"

"啊，报道协议。不过应该不是这样吧，说不定更高层的人知道些什么。"

"要真是绑架，经过十天还没有回来的话，那……"说到这里，她头低了下去说，"算了，要是说出来，变成真的话，那太可怕了！"

她想说什么，我马上就知道了。这也是实际上希望不会发生的事情。

她的手机响了。

"啊，这么快就来了。"

"什么东西？"

"千春的照片啊。刚才发短信请朋友传过来的，那个朋友有扫描机，请她扫描千春的照片后传过来的。"

"是这样……"灵活运用网络，说不定这些高中女生比差劲的营业员还厉害呢。

“这个，这样可以吧。”她把手机屏幕朝向我，小小几寸的手机屏幕，显示出一位笑容满面的女孩子的脸。

虽然和我自己预期的一样，但是冲击还是不小。尽管心里仍想要否认自己的一些假设，但是画面上说明了一切！

显示在上面的是树理的脸，也就是前几天和我在一起，而且还一起参加游戏的女孩子！

回到公司，根本没办法做事，实在不是工作的状态。光是整理脑中的思绪就已经极限了。

我的推论是对的，出现在我面前的，不是树理，而是妹妹千春！是千春离家出走！

我不明了的部分也是从这里开始。为什么她要用树理的名字？单纯只是一时兴起？要是这样的话，那在游戏开始之前，应该是不会说真话的。

葛城胜俊一开始的时候也是，葛城家的表现也有很多不可解的疑点。他们最初收到威胁信的时候，就应该知道被绑架的人不是树理而是千春，而且将错就错不指出罪犯错误的地方。罪犯把姐妹弄错了，但是女儿被绑架的事实没变，所以也没有必要指正，免得没弄好反而激怒罪犯，他们应该是这样考虑的。

只有一点可以确定，假的树理，也就是说千春已经回到家了，并不是行踪不明，但好像对外宣称是在疗养所，或者转移到其他地方了也不一定，至少是在葛城家的保护之下。

没有消息的是真正的树理，而这个树理我也从未见过面。

葛城树理消失到哪里去了？

长发女孩一番不吉祥的话语在我脑中出现，我摇摇头，就算是和我没有关系，跟我有关系的是千春！

又过了十天，我的心情并没有平静下来。报纸或新闻，葛城树理失踪的案件似乎都没有什么进展。老实说，真希望什么事情都没有发生过就好了。要是可以的话，很想闯入葛城大宅，叫他们让千春出来见个面！然后抓起葛城胜俊的衣领，责问他到底在想些什么！

持续的睡眠不足，这一天早上，我赖在棉被里，已经是非要起床不可的时间了，可是头很痛，想编个什么理由跟公司请假。

这种情况下的我被电话声吵醒，而且像是夺命铃声似的响个不停，只好爬着下床拿起电话：

“嗨……喂……”

“佐久间吗？是我，小冢！”

“啊！怎么啦？”

“听你的声音是还在睡觉吧，所以你还没看到电视吧？快打开来看！掌握到什么情报的话就给我电话！”他只说了这些便把电话挂了。

我边抓着头边打开电视。是晨间新闻，男播报员正在报些什么新闻。树理！听到这个名字我睡意全无，把音量转大。

“今天凌晨，在横须贺市发现一具年轻女性的尸体。女尸身份经过指纹等核对，证明有可能就是日星汽车副社长的长女葛城树理小姐。树理小姐大约二十天前失踪——”

葛城树理的守灵夜在距离葛城大宅十五分钟车程的寺院举行。我们公司赛博企划也协助帮忙及上香，我也是其中之一。接待及 VIP 的招待等这些主要的工作，当然是由日星汽车的人来处理，我们负责站在街角及道路指引。

日星汽车副社长千金的丧礼，吊客充满了整个寺院，尽管上香的队伍已经排成五列，人还是多到要排到大马路上。守灵夜之后是明天的出殡仪式，今晚的这种情况，让明天要来帮忙的人窃窃私语。

吊唁告一段落之后，我们在休息室休息。那里准备了寿司和啤酒，但是在这种时候也不能大口大口地吃，小冢下令每个人先来一杯啤酒。

“葛城先生果然是整个人都消沉了下来，”杉本小声地说，

“上香的时候，我偷偷看了他一下，还真是第一次看到葛城先生那么沮丧的样子。我一直都觉得他是充满自信胸有成竹的。”

“这是当然的啰，再怎么说，是女儿过世啊，”同事这样回答，“再说，又不是普通的死法。”

“我想，他是早就有心理准备了，可是一旦成为事实，还是受到不小的冲击吧。”

“那当然，老实说，我也在想是不是已经遇害了。但实际上看到新闻的时候还是吓了一跳。”

“罪犯是怎样的一个人啊？”

“不知道是怎样的一个人呢，会不会知道她是日星汽车副社长的女儿而把她给杀了？”

“我告诉你们，还没有任何详细的报道出来，”杉本说到这里，回头看了四周一下，然后捂着嘴说，“被杀的树理小姐啊，好像不是现任太太的小孩呢。”

“哦，这个我也听说了。”

“而且也不是前任老婆的小孩。”

“嗯？那会是谁的小孩？”

“情妇的小孩呀，好像是领养过来的。”

“嘿……这个葛城先生哦……”

“不晓得是不是这个原因，现任太太的精神看起来比葛城先生好多了，这种麻烦的拖油瓶死了，搞不好还松了一口气呢。”

杉本的话让同事们暗暗地笑了，这种情形被小冢看到了。

“废话不要多说！这里不是只有我们自己人而已！”

被骂了，杉本他们耸了耸肩。

对于他们多少知道树理身世的秘密，我有点吓了一跳。因为我想这应该是葛城家的最高机密才对。电视上的八卦节目完全没有谈论到这一点，因为不能惹恼大赞助厂商。杉本他们得到的情报应该是从某处泄露出来的吧。看来一旦事情演变成杀人案件，就算葛城胜俊有天大的本领，也没有办法一手遮天。

然而我最在意的仍然是杉本的最后一句话。确实，树理的死，应该会让葛城家复杂的人际关系重新洗牌，只是不晓得葛城家族是怎么看待这件事情的。

假的树理——葛城千春的身影并没有出现在守灵夜上。葛城家对我们并没有任何的说明，至于对亲朋好友的说法大概就是受到这件事的打击而身体不适吧。连学校都请假了，这么说也不能说没有说服力。

但是我冷眼旁观，因为我很清楚地知道，千春之所以没有出现是另有隐情。也就是说，她不想在我面前出现，她害怕我会对她说出一些什么话来！

葛城胜俊，不，葛城家一定隐瞒了什么事，而且是有企图的，这是毋庸置疑的。

葛城树理的尸体在三浦半岛的山丘上被发现。附近的居民发现尸体被埋在土里，虽然已经开始腐烂，但是从指纹和牙齿的比对，证明这就是失踪的树理！

报道是这样写的，葛城树理的心脏部位有锐器刺入的痕迹，由伤口大量出血的事实来推测，这恐怕是一起杀人案件。有一部分衣物被脱下，没有找到任何随身物品。

尸体被发现的地点，我没有办法不介意，也就是那个地方。树理，不，是千春引诱我去的那个地方，那个可以清楚看到星星的地方。虽然新闻报道并没有详细说明位置，但是，我想除了那里没有别的地方了吧。

要是这样的话，为什么树理的尸体会出现在那个地方？为什么千春会那么希望我跟她去那里？

就在我一口气喝完罐里剩余的啤酒的那一刻，感觉有人在附近，我往对角的方向看去，葛城胜俊就站在入口的地方，他一直注视着我。

我回看他时，他的眼光闪躲了一下，然后走了过来。这时候屋内的人注意到他的到来，每个人都开始端正自己的姿势。

“啊，各位不用动，请大家放轻松，放轻松。”葛城胜俊一面用手势劝阻大家，一面环顾屋内。然后鞠了个躬说：“这一阵子为了我女儿的事，很谢谢大家的帮忙。在工作最繁忙的时候还给大家带来这么多麻烦，衷心地跟大家说声抱歉。警方也表示，会全力逮捕犯人，我也相信那天很快就会到来。只是，女儿的事再怎么说都是葛城家的私事。发生这样的事，日星汽车和相关业务绝对不会因此而产生任何阻碍，也恳请各位不要介意，按照原定行程，执行各种计划，我也会尽早回到工作岗位。今天真的谢谢各位的协助帮忙！”

我一边和大家一样回礼，一边想着刚才葛城的视线，他看着这里！不对，他一定是看着我没错！

晚上我打开电脑上网，看到新闻快报，不禁吓了一跳！

“葛城树理小姐，果真是遭到绑架！”的标题。我抖着手指在标题上点了两下。

“日前被发现遗体的日星汽车副社长葛城胜俊的长女树理小姐，由警方公开表示，事实上是遭人绑架。在树理小姐失踪之后不久，绑架犯随即与之接触，胜俊先生为了树理小姐的生命安全，并未立即报警。在交付赎金之后，虽然警方马上展开搜索，但怕危及树理小姐的人身安全，并未公开此案——”

我在电脑画面之前茫然呆愣了一段时间，葛城胜俊果真没有报警。我精心策划拿取赎金，和牵制警察行动的计划，可以说全是白费心机。

为什么葛城胜俊不报警？是为了女儿的安全？这种说法完全不可信！树理与千春交换身份的事，树理被杀害的事，这些都是有所关连的。

守灵夜上葛城看着我的眼神，就像烙印在我的眼睑上一样，挥之不去。

这个男人知道我就是绑架犯。那是当然的了，恐怕已经从千春那里听到所有的事情了。这个男人想要的到底是什么？

隔天，有关绑架的报道更为详细了。在 CTP 车迷俱乐部公布栏上的交易，首都高速公路上取走赎金，等等，开始公布我做的所有事情。被我利用的日星汽车向岛经销商的店长等人，接受了各个电视节目的访问。葛城树理遭绑架撕票的案件，已经成了街头巷尾最热门的话题了。

“说真的，这罪犯还真是厉害！”看着体育报纸报道的同事，在报纸标题上用手指弹了一下说，“三亿元呢！在现今这种世道，还真是一大笔钱呢！就只是偷偷摸摸地打几个电话便完美地占为己有，这个罪犯还真是聪明过人！”

“才不是呢，是运气好，”坐在我旁边的男同事回答，“假如警方出动的话，就不知道是不是还会那么顺利了。警方不也说了吗？要是事先报警的话，情况就会有改观。”

“警方当然是这样说。要是他们出动了，赎金却在监视中被取走，他们可就一句话都不会说啦！不过对警方来说，说不定他们心里想的是：哦，还好没有事先报警呢。假如事先报了警，而赎金就在严密监控中被抢走，那警方不糗大了？就这一点而言，正因为事情已经结束了，他们可以说罪犯是用如何如何的手段抢钱，对警方来说也没有什么丢脸的地方了。加上人质被杀了，所以也不用多费什么心，直接就可以展开搜查啦！”

“喂，声音太大啰。”

他们两个人对视一眼，笑了一笑。

我拿起身边的电话，看了一下手机上录入的号码打过去，直接打到对方的办公室。这里是社会部，我认得这个声音。

“喂，我是佐久间。”

“啊，佐久间先生，是我，汤口。之前谢谢你了。”

“之前说的事，有再进一步的消息吗？”

“葛城树理的案子吗？”他的声调忽然低了下来说道，“变成了大案子！发现尸体的时间，就在我和佐久间先生见面之后。哎呀，被杀也是预料中的事，我们部门负责采访这个案子的人，最近彻夜一路追查呢！”

“有没有所谓的成果呢？”

“这个嘛……怎么说，葛城家的口风很紧，除了已经报道的东西之外，应该没有掌握到什么新的情报吧。我等一下再问问看。”

“万事拜托了。对了，不好意思，可能有点急，今天晚上可不可以碰个面？”

“啊？这还真是急呢！”

“我最近会见到葛城先生，所以希望能早点有些情报。”

“知道了，我尽力。在之前的咖啡店可以吧？我想七点左右我应该走得开。”

“好！就七点见。”

我放下电话，回想了一下，现在打的这个电话会不会要了自己的命。有没有多说一些不该说的话？会不会被别人觉得不自然？

但是我自己也悄悄地摇摇头，现在才在意的话也没什么用了。

我在想怎么打发到七点之前的时间，应该没有什么工作要处理了。

到咖啡店的时候，汤口已经坐在窗边的位置等候。看到我，他轻举了一下手。

“你那么忙，真不好意思。”

“不会的，佐久间先生你更忙吧。”

点了一杯冰咖啡，我把身体向前倾说：“嗯，刚才说的事呢？”

“我知道，我刚才先问了一下现在我们公司掌握到的消息。

但是，现在说的话我希望你不要录音，我们也不希望被日星汽车和警方盯上。”

“这个我知道，你认为我会让你不好做人吗？”

“不，我当然是相信佐久间先生你啊，”汤口拿出小笔记本说，“开门见山，警方到目前为止还没有找到嫌犯。好像是从树理小姐的交往关系切入，但是找不到可疑的人。”

“警方认为是熟人犯案？”

“被绑架的不是小女孩，而是成人女性。很难让人认为是不认识的人要出的手段。当然强行绑架的可能性也有，那么就表示罪犯在下手之前就已经决定目标了。不管怎么说，应该是从树理小姐或葛城家有关系的人下手的吧。”

“但这可是超级大企业葛城家哦。也有可能只是看上赎金，只要是有钱人家的女儿管他是谁都行吧？”

“当然这个也有可能，只是他们认为可能性比较小。”

“为什么？”

“因为……”汤口看了一下四周说，“人质被杀了呀！要是罪犯跟葛城家没有任何关系的话，只要树理小姐不记得对方长什么样子，在拿到赎金之后把人放了不就好了？但不是这样，罪犯一开始根本就没打算放过树理小姐！”

他说的意思我也了解，从树理的尸体来看至少已经死亡两个星期以上了。也就是说，失踪没多久就死亡了的意思。

“果真是很残忍的手段，不单只是看上钱，或许有很深的仇恨，侦查也朝这个方向进行。”

“仇恨……嗯……”

我有一种很复杂的心情。确实，我对葛城胜俊是有些仇恨，为了消解这个仇恨才设计这个游戏。但这是因为叫做千春的这匹野马偶然地闯进我的世界，才想到这个游戏的。再说，我并没有杀了葛城树理，而且连见都没见过。

“警方有掌握到任何线索吗？”

“好像有好几个。为了交付赎金，葛城先生和罪犯用电话交谈过几次，他们好像有当时的录音带。”

“录音带？他有录音？”

“好像是这样。那时候还没有报警，打算等树理小姐平安回来后马上报案，有助于侦查的证据，那时候能搜集的就先尽力搜集。”

这个男人是会做这些事的，但究竟为什么不报警这个问题本身才真是不可理解。

“其他还有哪些证据？”

“关于这点警方也不可能全部跟我们说……啊，对了！”汤口看着笔记，一只手掩住嘴巴说，“树理小姐呢，关于那个部分好像并不是没事哦！”

“哪个部分？”

“反正被杀了，介意这种事也没用了！贞操的事啊！”

“啊……”我张口说不出半句话来。

“这件事还被压着，没有报道出去。因为留下了对警方有力的证据。首先是男性的阴毛，然后……”汤口的声音又压低了下来说，“男人的精液，好像是有一些残留，不过发现的时候已经是干的了。”

我发觉到自己的脉搏加速，尽全力不要让自己显露出狼狈的样子。

“其他的证据呢？”我的声音有些浮躁。

“好像还有一些，但没有公开。要是知道任何消息，我马上跟你联络。”

“不好意思，麻烦你了。”

我大口地喝了冰咖啡，然后调整一下呼吸说：

“为什么要选在横须贺？”

“嗯？”

“尸体埋在横须贺的理由呀！为什么罪犯要将尸体埋在那里？警方对于这一点有没有任何的解释？譬如说，罪犯藏匿的地点是在横须贺啊之类的。”

“关于这点还没有听到任何消息。不过有谣传，警方正大举在横须贺做地毯式的调查。”

“地毯式的调查？”

“这很简单。也就是拿着树理小姐的照片，访查有没有人见过她啊。警方认为，罪犯并不是为了掩埋尸体才到横须贺，而是杀害现场就在横须贺。所以他们在找看到活着的树理小姐的人，那里应该有人看到过她，他们认为是这样的！”

“为什么他们会这么认为？”

“这个嘛……我就不知道了。”汤口双手一摊，摇摇头。

跟他分开后我直接回家，简单吃过晚饭后，在电脑前坐下来。但是在启动电脑后，我顿时无法动弹。

回忆像是散落的拼图，在我的脑海中一块块拼凑起来。虽然不完全的部分还有很多，但大致上轮廓已经出来了。

汗水从太阳穴流下，可以说是冷汗吧。天气异常的湿热，我却全身起鸡皮疙瘩。

完成想象中的拼图的样子，我的心里有一种无法形容的焦躁感。心想怎么可能会是这样呢，便再一次打散拼图，然后再用别的形式重新拼凑，反反复复地重组了几次，所呈现的图像都是一样的。我的推测要是没有错的话，对吧？

我叹了一口气，慢慢地开始敲打键盘。我在心里祈祷，希望我的推测是错误的。但是光祈祷又有什么用呢，现在只能做自己能做到的事而已。

忽然想到一件事，我从椅子上站了起来，走到寝室，靠近挂在衣架上的外套上衣，把手伸进口袋里，把口袋里的东西拿出来，说不定这会成为我的救命宝物。

再回到电脑前面，我继续刚才的动作。

这个动作是完成一封电子信件。我思索了一下之后，打了下面的文章。

葛城胜俊先生：

有件极为重要的事情！至急！恳请联络。我想这件事的内容您也是知道的，联络方法您就不用再问了，这边的确实身份您也是知道的，所以没有必要再报上名字。直接打电话联络也无妨。但是请不要让侦查当局有所注意。要是曝露出去的话，双方都不会有好处，这您也是理解的。

复杂的状况，希望能通过交易，而有圆满的解决方式。要是一两天内没有任何联络，我会直接出现在您面前，照顾过葛城千春的人上。

虽然这不能说是一篇好文章，但也没办法在文章上咬文嚼字了。我反复读了几次，然后寄到过去曾寄过几次的电子信箱。心跳一直都很快。

隔天早上起，我一直无法镇定下来，不知道什么时候会有电话进来，上厕所时带着无线话机，上班时也随时注意手机的声音。我也想到可能直接打到公司来，所以尽可能不离开座位，频频检查电子信箱，连CTP车迷俱乐部的网站也不时上去瞧一瞧。

但是葛城胜俊并没有联络。我甚至这么想，说不定葛城胜俊没有察觉到我的真正身份，但怎么想都觉得没有这样的道理。

就这样烦闷地过了一整天后回到了家，觉得发出那封电子信件好像是一个错误。

用钥匙打开门，进到屋子里，有一种想把整个人抛进沙发的感觉，在这之前先查看电话答录机，但是没有半个留言。

我大大地叹了一口气，坐进沙发里。然后，就在打开电视的时候……

寝室的门开了，树理走了出来。

树理……我轻声说出之后摇摇头说：

“千春小姐，应该这样称呼吧。好久不见，真是高兴！”

“把电视关掉！”她坐进单人沙发。

我拿起遥控器，把电视关掉。屋子里静悄悄的，一段时间后，我开始觉得有点窒息的感觉。树理，不对，千春的表情也显得很僵硬，而且她并不用正面看着我。

“你寄给爸爸一封电子信件，是吧？”

“我一直在等他的回应。不过没想到你居然会来，”我用疑问的口吻问她，“你怎么进来的？”

她从小包里拿出钥匙，看得出是我家的钥匙。

“他们宣称这钥匙是没有办法复制的呢。”

“才不是复制的钥匙，是你借给我的备份钥匙。”

我伸手拉开桌子下的抽屉，看着放备份钥匙的角落说：

“备份钥匙在这里啊。”

千春笑了一下说：“那是假的。”

“假的？”

我把抽屉里的钥匙拿出来，跟自己的钥匙比对一下。虽然厂家和形状相同，仔细一看，凸起的模样有些微的不同。

“你偷偷换的吧。”

“相同厂家的钥匙到处都有的嘛！”

“什么时候拿到的？”

“我去拿的，我爸爸拿到这附近给我的。”

“是爸爸哦……”我叹了一口气，全身无力，“从头到尾你们就是串通好的吧。”

“从头到尾？你说错了吧？难道说绑架游戏不是你想出来的？”

“这么说你只是利用这个游戏而已？”

“只是顺水推舟罢了，我想这是我绝处逢生的最后机会了！”

“绝处？”我勉强挤出一个笑容，事实上已经没有多余的力气了。我说：“要不要来猜猜你的绝处是什么啊？”

此时千春的眼神像箭一样地射过来。她的表情不难想象，恐怕她在做那件事时的眼神也是这样的吧。

我一面回敬她的眼神一面说：“是你杀了树理吧？”

千春一点也没显得狼狈的样子，大概已经预料到我的提问是什么了吧。他们父女俩大概已经从我传送的信件里，知道我已经看穿他们的手段了。

“我可不是故意要杀她的哟。”她说。她语气轻佻，就好像给他人带来麻烦时随意找个借口来搪塞一般。

“这个我知道，不是计划好的。是一时冲动杀的，或是没想到要杀她可是树理却死了？是哪种情况？要不是这样……”我舔了一下嘴唇说，“你也不会在那天晚上从那个大宅院逃跑吧？”

“真是厉害！”千春举起双手打了个大呵欠说，“啊，真是神清气爽！好想早早跟你把话说了。在这里假装成树理的时候，一直想讲却不能讲的，闷得心里直发慌。很想看到你吓一跳的表情呢。”

“你说的那些话大概是真的吧？”

“哪些话啊？”

“关于离家出走的理由啊，你说的，因为什么面霜和千春吵架。恐怕吵架是事实吧。不同的是之后的发展。怒气冲天的千春下手刺杀了平常就很讨厌的树理——是这样子的吧？”

千春一脸怄气地把脸撇向一边。我这才注意到她的鼻子跟葛城胜俊长得很像。照片上的树理的鼻子更高，形状也比较美。

“用什么东西刺杀的？”

“剪刀。”

“剪刀？”

她轻轻地把自己后面的头发撩了一下说：

“我可是很会剪头发的，偶尔会帮朋友剪剪头发呀什么的。为了这个，还特别拜托美发师朋友送我一把剪刀呢。”

“原来是这样，那把剪刀就放在浴室里。她擅自用你的面霜，你们发生口角，然后你顺手就拿起剪刀刺了下去？是这样吧？”

“那个面霜……”千春的眼睛看着远处说，“是我和妈妈去法国的时候买的。日本没的卖，我呢，很省着用，可是那个女人却不经过我的允许——”她转过来看着我说：“不过先出手的可是那个女的，她赏了我一个耳光。”

“可是防卫过当是事实啊，然后，刺杀了之后，开始害怕，所以逃跑出来？”

千春瞪了我一眼，然后站起来说：

“口渴了，可以喝些什么吗？”

请便！在我回答之前她就已经走进厨房。从厨房出来时，她手上拿的是一瓶慕斯卡白葡萄酒，很爽口，很适合吃前菜时喝。

“可以喝吗？”

“请随意。”

“你也要喝吧？”

我什么都还没回答，她已经把两个酒杯放在桌子上了，然后把旋转式开瓶器和酒递过来给我。

“你逃跑出来，有什么打算？那时候你在找住的地方，住在外头，是打算怎么样？”

“不要多说废话了，请你集中精神把酒打开吧。”

我拔出酒瓶的软木塞，把酒倒进两个杯子里。做个干杯的样子，我喝了一口酒。很顺畅的酸味，是慕斯卡岛上那种新鲜采撷葡萄的特殊香味。

“还没决定。”

“你说什么？”

“我是说那时还没决定接下来该怎么办。只是不想待在那个家里，那样一定会引起大骚动的，我杀了她的事，也一定会马上曝光的，一想到有各式各样的人来问各式各样的问题我烦都烦死了。而且我也期待爸妈在知道我是凶手之后会想办法帮我，等到各种麻烦解决之后我再回家。”

“你想他们会帮你把尸体偷偷地处理掉，让你不被当成杀人犯逮捕，帮你想尽各种方法解决？”我一口气喝光了杯子里的酒，再倒一杯，“你还真是自私！”

“不用说我也知道这很自私。再怎么样爸爸也不可能隐瞒杀人的事情——我可是这样想的。所以刚刚我说啊，这是穷途末路！”

“就在这个时候我出现了。”

“这可不是我拜托你出现的哦，是你自己靠过来的。”

她这样说，我无话可答。我一心想要抓住葛城胜俊的弱点，主动接近她也是事实。

“那你跟着我的时候又是怎么打算的？利用这个人？——你这么想？”

她手里拿着酒杯摇摇头说：

“说真的，那时候随便怎么样都好，包括你在内。我脑袋里光是自己的事就已经满满的了，反正就是必须先找住的地方，就是不想回家。也就是说，那时候我没有别的选择了。”

“原来如此，可以理解，”我又喝了口酒说，“为什么用树理的名字骗我？”

“理由很简单，只是不想用葛城千春的名字而已，不想让怪异的男人知道葛城千春诡异地在路上晃来晃去，所以才一时情急撒了个谎。”

“一时情急撒了个谎之后，在描述自己的事情时，却很确实地把自己和树理的身份对换。你还真是个厉害角色呢。”

“我想你不过是挖苦我而已吧，谢谢你了。”

“然后呢？”我把酒杯放在桌上，“这次的事是什么时候计划的？我想当然是在我提出游戏想法之后，但是不可能我一提你就想到了吧？”

“虽然不是你一提就想到的……”她拿起酒瓶，要往我的酒杯里倒酒，我伸手制止她，自己来倒。

“倒酒可是男人的事情。”

“但是听你提到游戏的时候，忽然有个灵感闪过。这个人认为我就是树理，而且打算要绑架这个树理，我心想，是不是可以好好利用这个状况。我觉得好像可以，然后就先答应配合你说的计划。”

“在听我述说计划时，你渐渐确信这个状况是可以利用的？”

“我什么时候确信的啊……”千春笑了一下说，“是我被爸爸称赞的时候。”

“被你爸爸称赞的时候?”

“我从你这里听到游戏的说法之后，我想都没想马上打电话给爸爸。我对树理的事也是在意的。”

“就是说一开始你们就说好的，嗯，应该是这样吧，葛城先生也急了吧，女儿被杀了，而且凶手还是自己的女儿。所以这也是没有报警的原因。”

“爸爸有爸爸的想法，其实那时候他也在想办法要怎么样来隐瞒这个案子。就在那个时候我打了电话给他，他好像很担心我是不是跑去自杀了呢，听到我的声音，他好像松了一口气。我杀了树理的事他也没有骂我，只说一定会想办法，还叫我先回家再说。然后我才跟他说了你提到的游戏。”

“然后他就称赞你了?”

“直觉啦，对于我说或许可以利用你的计划的这件事。照爸爸的说法，在决胜负时有没有直觉和决断力，就可以分辨出会成功的人和不会成功的人。”

我想这的确很像葛城胜俊说的话，我点点头说：

“那葛城先生给了你什么指示呢?”

“他叫我先照你说的去做，然后再通知他详细的细节。方针确定了，再由爸爸通知我。”

“他通知你? 怎么通知?”

“他打手机给我呀！”她说得好像没事一样。

“手机？你不是没有带出来吗？！”

“带了！那么重要的东西，怎么可能会忘记带呢？”千春像是在嘲笑我，“只是和你在一起时是关机的。”

“被摆了一道！”我摇摇头说，“然后用手机告诉你各种指示，去横须贺的事也是他指示的吧。所以叫做由纪的朋友并不存在吧，对不对？”

“有的呀！中学时候的朋友，只是最近完全没有联络。”

“为什么一定要我去横须贺，也是因为打算把树理的尸体埋在那座山丘上吧。但是，只是让我去横须贺是行不通的，考虑一下之后的事情，你们为了让我在横须贺留下物证，所以还设下了一些圈套。”

“是啊，各式各样的，”千春跷着脚，翻翻白眼对我说，“设了哪些圈套你知道吗？”

“我在餐厅等你的时候，那时候我的车被喷了油漆，店里的人或许就记得我的长相。因为我的车也会留下印象。假设警方拿着我的照片到处询问的话，店员或许会证明见过我。那个恶作剧是葛城做的吗？”

“是我妈妈。”

“你妈妈？哦！原来共犯还多一个人。”

“你还有留下其他的物证哦。”

“这我知道，不过有点不能理解，”我看着她的眼睛，然后看着她跷起的双脚说，“为了留下我的物证，所以那个时候你让我抱你，为了想要我的阴毛和精液，所以……我没想到你爸妈会要你做这种事。”

“我爸爸是说看可不可以拿到你的毛发而已。你还记不记得在横须贺山丘上的那个地藏王小石像？爸爸叫我把东西藏在那个地方。不过光是这样的话，我觉得不够完整。我爸爸本来也觉得要有你的精液会比较好，不过再怎么样也不好叫我去做这样的事啊，所以才说有毛发就好。我知道爸爸的想法，依我自己的判断，我觉得一定要拿到绝对的物证才行。”

“跟自己不喜欢的男人做爱也……”

“觉得别扭吗？”

“不会。”

“我可是喜欢你的。有胆量，脑筋又好，我想和你做爱也未尝不可。假如你脑筋不好又是我讨厌的男人，我想我也没有办法做到。”

“你是在称赞我吗？”

“我爸爸也很称赞你呢。这次计划中最重要的一件事就是你不是个笨蛋。你要是那种做粗糙绑架计划的男人的话，可能就会一事无成。我爸爸不是有一次突然去你们公司吗？”

“说到这个……”说要来看我们公司企划的电玩游戏。

“我爸爸是为了要看你制作的电玩游戏，应该是叫做《青春面具》吧。看了那个之后，爸爸确信你是可以信赖的。”

我叹了口气，摇摇头，不禁笑了出来。

“原来我发神经的时候才被这个人认可。”

“在宾馆你要我打电话的时候，不是也很完美地听到汽笛声了吗？他说那是个高超的点子呢！”

“那也是你们说的物证吧。”

我在不知不觉中跑在葛城胜俊铺好的轨道上了。

“不过一决胜负是在这之后开始的。我爸爸非常想知道你是打算怎么样取走赎金的。但是你也不太肯跟我说明，我爸爸没有报警哦，这句话到了嘴边差点就说了出来。”

“箱崎交流道的假动作，想必是把葛城先生搞得焦躁不安了吧。”

“他认为干脆一点就把赎金拿走就好了。不过到最后他可是佩服你的，他说确实是需要确认有没有警察跟随。”

“那他对真的拿赎金的那一次有说些什么吗？”

“当然是说很完美啦！他说那样做几乎没有留下任何可以断定罪犯的证据，就算有警方的人跟踪和监视，应该也是可以顺利拿到钱的。”

我点点头，在这种时候，这也不是什么听了可以值得高兴的话，但至少这不是让葛城胜俊认为是笨蛋所做的计划。

“之后你拿了二亿七千万到横须贺，把钱藏在根本就不存在的由纪的房间里。实际上那些钱到哪里去了？”

“在那个建筑物里啊。把它藏在一个像是置物柜的地方，然后马上打电话给爸爸，就在我们离开后，爸爸马上把钱拿回去。”

“原来如此。就这样顺顺利利地把葛城树理被绑架，然后付了赎金的事完成。但是有一点，我有一个相当大的疑问。这个……嗯……我不知道你们是不是已经有答案了？”

“什么？”

“你们打算把我怎么样？”

千春耸耸肩说：

“这是个很难回答的问题。”

“我想也是。”

“你自己已经有答案了吧？这样的话，可不可以说来听听？”

“事到如今或许有些大放厥词，不过也不管这么多了。首先，是顺利地把树理杀了的事给隐瞒了，恶作剧的绑架也算成功了。不过你们还是有烦恼，应该说是有担心的事比较恰当些。也就是你们并没有骗过我的这件事。随着案子被报道出来，我也注意到了真相。虽然最糟的状况就是我去警方报案，不过这一点倒是不用担心。恶作剧绑架主嫌犯的我至少是不会做这样的事，虽然这样说，不过你们也不认为我会保持沉默。另外，万一出了状况警方盯上我的话，你们也会怕我先去自首。警方并不会马上相信我所说的话，但是会开始展开侦查，演变成这样的话，一定会引起媒体的骚动，这样的发展应该是不受葛城家欢迎的。要解决这个问题，只有一条路而已。”

说到这里，我的心脏开始发出警讯！

突然开始头痛，然后遍布到整个头，稍后，痛的感觉开始变轻，但同时也感觉到神经变得迟钝，意识好像被什么东西吸走了一样。

我瞪着千春，然后看着酒瓶说：

“终于下手了！”

“开始发作了吗？”她看着我的脸说。

“在酒里放了什么？”

“不知道，爸爸给我的药。用注射针筒打进预备好的酒瓶里。”

我朦胧的脑袋里想着，应该是某种麻醉药吧。

“一开始就打算杀了我的吧？！”

“我不知道！我只是遵照爸爸的指示做而已。”

“一定是打算把我杀了的，否则这个计划不会成功。那个男人是不会做那种不完整计划的。”

我尝试着想要站起来，但身体不听指挥，双脚打结，从沙发上滑下来，肚子撞到桌角，一点都不痛。

“我只是照着他说的去做而已，之后我可不知道。之后的事爸爸应该会全部料理干净的吧！”

千春站了起来，她好像只是装个样子喝喝酒而已。

意识要消失了，眼前模模糊糊的。

我绝对不能就这样没了意识，要是就这样断了气，岂不是让他们的计划得逞，也就是说杀了我，然后再布置成自杀的样子。动机是因为自己承受不了这样的重罪吧……或是觉悟到被逮捕也不过是时间的问题而已，说不定是……

“等一下！”我用尽力气说出。

“你听我说一下，听的话对你……比较……好……”

我并不知道千春在哪里，我也不清楚她有没有听到我的声音，不过我还是将所有的力气集中到喉咙。

“电脑！我的……汽车公园的……档案……”

我想要开口，但是大脑已经不听使唤，自觉到说不出声音了。说不定是听觉受伤了，但都一样了。脑部渐渐被黑暗包围，好像是跌入一个特别深的洞穴里，我忽然间想到……说不定对我来说，这可能是最后的一个感觉。

胸口好像有重物压着，呼吸有些困难，感觉好像做了一场非常可怕的噩梦。觉得脸很热，相反身体却很冷，不，甚至可以说是冰冷吧。自己感觉得到流了大量冷汗。

我的眼睛是闭着的，至少这样可以感到安然，总觉得好像还没被杀死。睁开眼睛，朦朦胧胧的，可以看到一些什么东西，但是昏昏暗暗的。

慢慢视力开始恢复，是在自己熟悉的房间里，好像是横躺在沙发上，我想要爬起身来，但整个脸歪向一边。袭来一阵强烈的头痛和作呕的感觉，几乎像又要失去意识了。

但是在几次呼吸之后，作呕和头痛的感觉稍稍退去，然后我慢慢地撑起上半身。耳后有像是脉搏跳动的声音。

“你好像醒过来了！”有声音，是男人的声音！

我试着要看一下四周，连动一下头都痛苦得不得了。

然后在视线的一角出现了人影，这个人就坐在我对面的椅子上。是葛城胜俊！

我在沙发上坐好，身体还有些摇摇晃晃。要是对方攻击我的话，我完全无法抵抗。但是葛城胜俊似乎没有要那么做，他慢慢跷起脚来，然后点燃香烟。

他穿着双排扣的西装，这身装扮也让我感到安心，要是想杀了我，应该是会避人耳目地来到这里，应该打扮得更不醒目才是。

“主角总算出现了！”我说，声音听起来有些含糊，“背后的黑手，这样说应该比较适当。”

“谢谢你照顾我女儿啦。”葛城胜俊用平静的语调说。

我看了一下周遭：“小姐回去了吗？”

“先回去了，因为回去晚了，我太太会担心的。”

“听说夫人也是共犯。”

他没有回答，葛城胜俊用锐利的眼光看着这里。

“我想，大致上你都听我女儿说过了。原本我是打算亲自跟你说明的，可是她说，再怎么样最后都想跟你见上一面。”

“我也觉得再见到她很好啊，虽然我不知道是不是最后一次。”

“首先要跟你说的是，辛苦你了！这是一定要说的，这可不是应酬话。我想你也听我女儿说了，你这次真的做得太好了。说是完美也不为过，不是吗？那个拿走赎金的方式是原创，还是你是从推理小说什么的得到的灵感？”

“是我想出来的。”

“哦，真是精彩极了，”他慢慢地把香烟的烟吐出来，透过弥漫的烟雾看着这边说，“但是吹毛求疵的部分也不是没有。你在过程中，不是用英语对我发出指示吗？说不定警方有英语很好的人，这一点我就不能给你打一百分了。”

“我知道葛城先生的法语很强，我也可以说一点。但为什么不用法语，是因为不想让罪犯被锁定。现在的日本，会说英语的有个五万人吧，但是会法语的可就不一样了。说哪一种语言的危险比较大，是我在天平上估量后得到的结论。”

“原来只是我们见解不同而已。”我的反驳倒也没有让葛城胜俊感到不舒服的样子。

“你的计谋也是完美无缺的，再加上你女儿的高超演技，在那么多的限制当中，还可以埋下那么多伏笔，我也很钦佩你的所有布局。”

“哪里，这和经营一个公司比起来根本不算什么，这次只要骗你一个人就可以了，到了企业的顶端，可是必须去骗无数的人。公司的从业人员啦，还有消费者，等等，”他一脸认真，又吸了一口烟说，“谈到这里，你是不是问了我女儿一个问题？”

“我的问题就是打算把我怎样处理？”

我一说完，葛城胜俊不屑地笑了一下。把烟灰弹进烟灰缸里，交换了一下跷脚的姿势，很愉快地点了点头说：

“就算计划全部顺利地进行，对葛城家来说还是不能安心，因为有一个知道所有秘密的人。佐久间骏介——一定要把这个男人做一个处理。把这个男的杀了，然后弄成自杀的样子，让警方认定这个人就是杀死葛城树理的犯人。这才算完成计划。我的计划蓝图你已经推测到了，是吧？”

“不对吗？”

“也不能说完全不对。说完全没有这样考虑的话是说谎，但是呢，佐久间先生，我也不是你想的那么单纯，你要是这么想那就有点遗憾了。可是，我也知道你的心情，自己建立的完美计划，却反被利用而陷入绝境，是谁都会不安的。所以你自己也会考虑到万一，然后给自己留个保护措施。你还真是我所预料中的男人！”葛城胜俊看着我后面放电脑的地方，可以听到散热风扇的声音，电脑好像是开着的。

“档案你看了吗？”

“看了啊！当然。”

在失去意识之前跟千春说的话果然没有白说。

“从女儿那里听到好像有什么档案的时候，我想大概也不是什么大不了的东西，也就没去管它。顶多就是一些描述真相的条文式资料在里面。自杀死了之后，这些东西就会送到警察那里，我想不过就是类似这样的警告文章附加在里面罢了。”

“我想，光是这些东西就足以对你造成威胁了。”

“为什么？我只要否认，问题就解决啦！假设我们打算杀了你，那些东西也阻止不了我们，我们只要坚称，这些是嫌犯自杀前所捏造的话就可以啦。你想，警察会相信谁？”

我没有回答，也表示我没有反驳的意思。葛城胜俊露出一个满意的笑容，很慎重地把香烟在烟灰缸里按熄。

“可是呢，你也不是那么无能。你写的有关案件真相的文章，虽然跟我预料的一样，但是还有另外一个资料在里面，这才让我吃了一惊！应该说是非常的惊讶比较对吧！”

“坦白说算是搏命一击吧，”我很诚实地说，“那个时候，我想都没想到会这样用上它。”

“这就是所谓的优秀人才！在不知不觉当中，不断地给自己补给，这种感觉不是教了就会的事情。”

我苦笑了一下，我完全没有想到会有这样的一天，这个男人会这样称赞我。

“我并没有打算要杀了你，”葛城胜俊说，“为什么？因为没有杀你的必要。只要不被警方抓到，你是不会说出真相的吧。而且不用担心你会被抓，为什么？因为我们会庇护你。利用被害者的立场，我们可以做出一堆证据，说明你绝对不是嫌犯。当然条件是需要你完美地把游戏连贯地玩下去，而且也不用多说，你已经做到了。”

“既然不需要我真的成为一个嫌犯，为什么要那么花工夫在横须贺留下我的物证？”

“我们必须抓住你一个弱点才行，必须拥有随时可以指控你是嫌犯的证据。和其他的事情比起来，我最想要的就是犯人的物证。我们绝对不能让别人认为这只是一桩恶作剧的绑架，而既然要显示犯人是的确存在的，那就必须让犯人有实际的行动。”

“那刚才为什么又要把我迷昏呢？”

葛城胜俊奸笑了一下，似乎就是在等这个问题提出来的表情，他说：

“你心想，先把你弄昏，然后杀了你？”

“老实说，我是这样想的。”

“我想也是。所以你才在最后使尽力气丢出王牌来，而我想看的也就是这个！这是你最后打出来的牌！”

我吐了一口气说：

“你是想看我手上还有什么样的牌？”

“游戏已经结束了，但是还没有分出胜负。而我手上的牌已经全部亮出来了，之后要看的就是你手上是怎么样的牌了。”

葛城胜俊又把眼睛移向电脑，我也跟着他回过头去看电脑屏幕。

有一张照片显示在屏幕上面，照片的场景一看就知道是在这个房间里。

当时叫做树理的千春，正用托盘端着为我做的早餐。